내 몸이 웃는다

진정주 지음

스스로 건강의 길을 찾는 치유 안내서

nobook

차례

추천의 글

Prologue

1장 슬기로운 약국생활

… 이럴 땐 약국이 더 좋아요

2장 내 몸 사용설명서

… 내 몸은 왜 자꾸 아픈걸까?

3장 생기산 특집

... 체질을 묻지 않고
온종일 같은 약을 주는 수상한 약사

4장 비타민 요법 - 기능의학 이야기

5장 스트레스를 이기는 비밀병기

6장 약사에게 물어보세요

부록 진약사톡 노트

추천의 글

"첫 책의 감동이 다시 이어지길…"

20여 년 동안 약국을 운영하면서 한때는 극빈자 생활을 하기도 했으며, 많은 경제적 어려움도 겪었지만, 현재 인기 유튜브 채널인 '진약사톡'을 운영하는 진정주 약사.

2019년, 모교인 중앙대학교에 장학금과 발전기금을 기부하면서 알게 되었다. 지금까지 많은 장학금 기부자를 알고 있지만 진정주 약사는 상당히 특이한 방식으로 장학금을 기부한 것을 포함하여 다음과 같은 몇 가지 이유로 그 이름과 활동에 대해 강렬하게 기억하게 되었다.

첫째, **진정주 약사는 밝은 사람이다.** 사람은 일정 나이 이후에 자신의 얼굴에 책임을 진다고 한다. 많이 사용한 근육이 발달하고 사용하지 않은 근육이 퇴화 내지는 위축되기 때문에 웃는 얼굴, 화난 얼굴, 슬픈 얼굴이 평소의 모습에서 드러나는 것이 일반적이다. 적지 않은 인생의 어려움을 겪은 사람의 얼굴이 저리 밝을 수 있을까 할 정도로 인상적이다.

둘째, **진정주 약사는 머무르지 않는 사람이다**. 아무리 좋은 재화라 할지라도 머물러 있으면 어디서 그 가치를 평가받을 수 있을까? 쉬지 않고 자신의 발전을 도모하는 사람이다.

셋째, **진정주 약사는 주위를 둘러보는 사람이다**. 많은 사람들은 욕심을 가지고 더 많은 것으로 채우고 싶어 하겠지만 진정주 약사는 자신의 주위에 둘러보고 도움을 주어야 할 사람을 찾는 일을 게을리하지 않는 사람이다.

이런 저자가 쓴 책이란 언제든 누구에게든 추천할 수 있으리라 생각한다. 첫 저서인 <아파도 괜찮아>를 읽으며 약사라는 전문인으로서의 소신과 지향점을 알게 되었다. 새로운 저서인 <내 몸이 웃는다>에 흔쾌히 추천의 글을 남기는 이유는 내가 진정주 약사를 존경하는 이유와 첫 작품을 읽어본 이후의 감동이 계속적으로 이어질 것으로 기대하기 때문이다. 작품을 위해 수고하신 진정주 약사님께 다시 한번 축하의 뜻을 전하는 바이다.

중앙대학교 총장 박상규

"건강이 배움보다 더 가치 있다"

토머스 제퍼슨(Thomas Jefferson)

현대 의학 기술의 발달로 높은 수준의 의료서비스를 받을 수 있게 되었지만, 아직도 당뇨병, 고혈압, 지방간 등 수많은 병들이 우리들의 일상생활을 힘들게 하고 있습니다. 이 책은 이러한 병들의 치료를 약에만 의존하는 것이 아니라 우리 몸에 내재된 '자가치유능력'과 '깨끗한 피'로부터 찾고 있습니다.

'친절한 우리 동네 진 약사님이 얘기하는 우리 몸 올바른 사용 설명서'

진 작가님은 안산에 진 약국(구 성은약국)의 약사로 20년이 넘도록 동네 약방을 자처하며 이웃 주민들에게 친절한 처방은 물론 삶의 이야기를 나누고 그분들의 증상을 관찰하며 살아왔습니다.

그리고 이 모든 시간과 관찰의 첫 번째 결실로 <아파도 괜찮아>를 출간하셨고 이번 두 번째 책 <내 몸이 웃는다>는 우리 몸에 대해 좀 더 직관적이고 상세한 설명을 실은 우리 몸 설명서입니다.

코로나 19로 대한민국의 경제가 심각한 타격을 입어 골목상권의 소상공인을 비롯하여 동네약국이라고 형편이 나을 리가 없었겠지만 진 작가님은 매우 큰 금액을 소외된 이웃과 도움이 필요한 사람들을 위해 써 달라며 안산시와 복지기관에 꾸준하게 기부를 이어오고 계십니다.

진 작가님의 선행과 선의의 결실로 나온 이 책을 통해 많은 분들이 아픔에서 벗어나고 치유되길 바랍니다. 그리고 이 책을 현재 몸의 어딘가가 불편하신 분, 뿐만 아니라 건강한 인생을 꿈꾸는 분들께도 추천 드립니다.

다시 한번, 나의 몸에 대해 돌아보고 생각할 기회를 주신 작가님께 감사하며 책의 발간을 진심으로 축하합니다.

안산시장 윤 화 섭

Prologue

스스로 건강을 찾아가는 사람들
… 우리의 공감은 피에 있었다

과거의 질병은 주로 감염이나 그로 인한 전염병, 전쟁에서 입은 부상, 출혈과 외상에 의한 것이었다. 그런데 요즘의 질병은 예전과는 다른 만성질환이 많다. 당뇨병, 심장병, 고혈압, 동맥경화 그 외에 자가면역질환으로 불리는 류머티즘, 루푸스 그리고 각종 알레르기 질환 등 셀 수도 없이 많은 병이 현대인을 괴롭힌다. 아무리 약을 먹어도 치료되지 않고 천문학적인 비용을 지불해도 완치가 되지 않는 질환들이 즐비하면서 언제부터인가 자기 건강을 스스로 찾고자 노력하는 사람들이 생겨나기 시작했다. 어쩌다 나는 그 수많은 사람을 유튜브라는 한 공간에서 만나 소통하게 된 운 좋은 약사가 되었다.

내 허술한 이야기에 공감해준 사람들, 그리고 그동안 내가 찾아온 것들을 임상으로 경험해 보도록 기꺼이 지원해준 많은 분께 이 지면을 빌어 감사의 마음을 전하고 싶다.

우리의 공감은 피에 있었다. 만성질환의 원인을 없앨 방법이란 결국 피를 맑게 하는 것. 혈액순환을 잘되게 하고 노폐물을 제거하면 우리 신체는 알아서 자기 면역력, 생명력을 회복하리라는 가설이다. 하지만 어떻게 피를 깨끗하게 할 것인가? 목마른 사람이 우물을 파듯 비타민과 식품과 한약에서 정화에 관한 것들을 찾다가 한방과립제인 '생기산'을 만들게 된 것은 기적이 아닐까.

첫 책 <아파도 괜찮아>를 내고 유튜브를 시작하면서 만난 구독자의 응원의 힘은 너무나 컸다. 책의 역할도 중요했지만, 유튜브의 장점은 역동성이어서 영상을 올리면 즉시 사람들의 반응을 얻을 수 있었다. 약국이라는 공간의 제약에도 불구하고 수많은 임상이 쌓여 이제 생기산은 누구나 복용할 수 있을 정도의 투약 경험을 갖게 되었다.

나는 지금 아무도 가보지 않은 새벽 눈길을 걷는 마음이다. 설레고 때로는 두렵고, 뒤돌아 발자국을 헤아려본다. 지금도 그렇고 앞으로도 조심스러운 그 한 발 한 발을 여러분과 함께 걸어가 보고 싶다.

2020년 9월 **진 정 주**

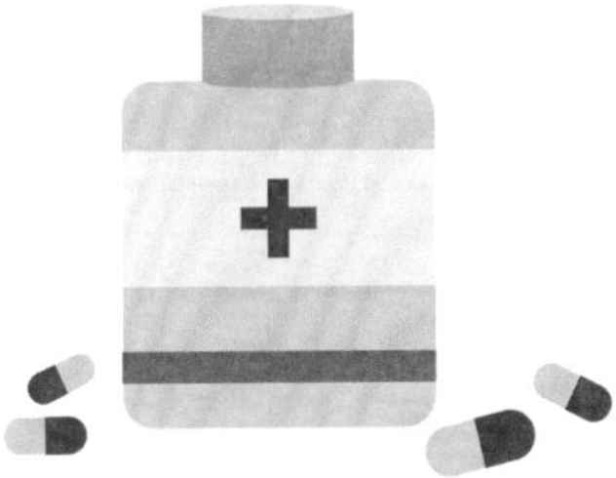

1장

슬기로운 약국생활

...

이럴 땐 약국이 더 좋아요

1장 슬기로운 약국생활

… 이럴 땐 약국이 더 좋아요

오래 전 어느 날, 나는 유난히 열정적으로 약국을 운영하는 약사를 만나 본 적이 있다. 늘 밝은 목소리로 손님들을 대하고, 항상 공부하고 적용하는 학구파, 천국에서 내려온 천사라도 저만큼 손발이 가볍고 경쾌할 수 있을까. 같은 약사인 내가 보기에도 신바람 나 보이는 그분에게 당신은 어떻게 약사가 되었냐고 물었더니 고등학교를 졸업하고 회사에 취직해서 한창 일하던 무렵, 어느 약국의 약사님이 눈에 들어 왔단다. 하얀 가운을 입고 정갈한 약국에서 일하는 그 모습이 너무 부러워 다시 공부를 시작했다는 것이다. 그렇게 뒤늦게 시작한 공부로 얻은 면허증은 남다른 자부심이 되어 약국을 평생 질리지 않은 일터로 인식하게 해 주었다.

어떤 일을 하든지 의미를 찾으면 행복해진다. 이분과는 다른 동기이지만 나도 늘 약국을 기쁘고 행복한 공간으로 만들고 싶었다. 나 뿐만 아니라 우리 약국을 찾아오는 모든 분들에게 필요를 채울 수 있는 곳. 나도 이제 이런 나의 꿈을 이룬 것 같아 마음이 뿌듯하다.

지금 우리 이웃들에게 약국은 어떤 곳일까? 옛날이야기지만 의약분업이 되기 전에 약국은 지금보다 훨씬 더 친근했다. 갑자기 열이 나는 아이를 안고 달려갈 수 있는 곳, 배탈이 나거나 몸살이 나도 약국은 문턱이 낮은 진료소처럼 반갑게 맞아주는 사랑방과 같았다. 시대가 변하고 달라진 요즘, 자칫 약국이 처방전 약을 타기 위해 어쩔 수 없이 거쳐 가야 하는 공간으로 전락한 듯 보이지만 반전의 여지는 있다. 여러분도 모르고 어쩌면 약사도 몰랐을 약국의 새로운 모습, 이럴 때는 병원보다 약국이 더 좋은 곳이 될 수도 있는 사례들을 여기 소개해 보고자 한다.

우리가 흔히 아프면 병원에 가야 하지만 때로는 약국이 1차 선택지가 되어야 할 때가 있다. 주방에서 음식을 만들 때 마늘이나 고춧가루와 같은 양념을 준비하듯 우리 생활에 꼭 필요한 약국의 역할에 대해 생각해보자.

간혹 진단은 받았는데 치료약이 없다든지, 첨단 검사로도 잡히지 않아서 진단명은 없지만 분명히 치료를 요하는 질병인 경우에 약국이 선방의 역할을 할 수 있다. 이런 경우에는 어떻게 약국을 활용하면 좋은지 사례들을 나열해 보았다.

1. 몸살, 두통

김장철이면 피로회복제나 몸살약을 찾는 사람들이 많다. 삼삼오오 모여 김장을 한 날에는 약국에 들어오는 표정부터가 들떠 있다. 힘든 김장을 모두 끝내고 마지막에 먹을 돼지 보쌈을 삶으면서 준비성이 좋은 사람들은 식후에 먹을 갈근탕과 피로회복제를 사러 오는 것이다.

운동회를 마친 뒤에 찾아오는 다리 통증과 근육통. 즐거운 소풍의 뒤끝에는 피로감이라는 달갑잖은 손님이 찾아온다. 통증과 피로감은 어떻게 없앨 수 있을까? 파스를 붙이거나 아예 병원에 가서 처방전을 받는 사람들이 많지만, 약국에 가면 하루 이틀 먹고 툭 털고 일상으로 바로 돌아갈 수 있게 도와주는 고마운 약들이 있다.

몸살, 두통에 쓰는 약국 처방은 갈근탕이다. 갈근탕은 계지, 작약, 감초, 생강, 대추로 구성된 계지탕에 마황과 갈근이 첨가된 아주 좋은 약이다. 갈근은 우리가 흔히 아는 칡뿌리로 시원한 성질을 가지고 있으며 단맛이 난다. 한약을 잘 모르는 사람이라도 위 성분을 보면 갈근탕은 위에 부담 없이 몸살이나 근육통, 두통에 두루 쓸 수 있는 좋은 약이라는 것쯤은 알 수 있다. 약국에는 가루약 형태로 포장된 것도 있고 쌍화탕처럼 액상으로 병에 담긴 것도 있다.

가벼운 몸살이나 두통, 근육통에는 갈근탕만 쓰지만 조금 더 잘 듣는 약을 원하면 타이레놀 저용량(보통 쓰는 타이레놀의 반 절)이나 소염진통제 한 알을 추가할 수 있다. 요약하면 다음과 같다.

- 해열 진통제, 갈근탕 또는 쌍화탕.
- 해열 진통제 대신에 소염진통제도 좋다.
- 위장이 약한 사람은 위장장애가 적은 진통제를 달라고 하자.

< 위장장애가 적은 진통제로 몸살이나 두통에 쓸 수 있는 것 >

캐롤에프(일동제약), 그날엔(경동제약), 작약감초탕(한방제제로서 알약이나 가루약)

요즘은 편의점에 익숙해진 신세대들이라도 소염진통제와 갈근탕의 조합을 알게 된다면 약국을 선호하게 될 것이다. 편의점 타이레놀 한 알보다 위장장애도 적고 간독성도 훨씬 적은 약의 조합. 약사의 전문성을 한번 믿어보자.

술을 마시고 난 다음 날 숙취로 오는 두통에 타이레놀과 같은 진통제를 쓰면 간독성이 커서 몸에 치명적일 수 있다. 이럴 때는 약국에 가서 약사의 도움을 받는 것이 좋다. 약사들은 약에 대한 전문 면허를 가진 이웃으로 여러분의 질문에 친절하게 응대할 준비가 된 사람들이다.

2. 배탈, 설사

갑작스러운 배탈과 설사에는 어떤 약이 좋을까? 이런 생각을 할 겨를도 없이 우선 병원으로 달려가는 것이 보통이지만, 약국에 가면 간단하게 해결되는 경우도 많다. 병원에서 쓰는 처방약은 진경제(장의 경련을 진정시키는 약), 지사제(설사를 멈추게 하는 약), 세균성 설사가 의심되면 항생제, 그 외에 제산제 같은 종류들을 처방하지만, 급성으로 생긴 경증이라면 우선 약국에서 취급하는 한방과립제와 일반의약품의 조합이 오히려 몸에는 부작용이 적고 안전할 수 있다.

세균성 설사에는 항생제를 쓰는 것보다 한방과립제로 오령산, 위령탕, 혹은 반하사심탕에 에세푸릴 같은 일반의약품을 조합하여 먹으면 장내 정상균총을 해치지 않으면서 효과적으로 복통과 설사를 잡을 수 있다. 특히 위령탕이나 오령산은 아이들의 구토, 설사에도 아주 효과적이고 안전하다. 병원에서 진경제나 진토제를 써도 잘 듣지 않을 때에는 오령산으로 한숨을 돌릴 수 있다.

아이들을 키워본 엄마들이라면 누구나 한 번쯤 겪었을 일이 토하고 설사하는 아이의 뒤처리이다. 아픈 아이를 달래는 것도 힘든데 아이가 토한 구토물이 묻은 빨래를 세탁기에 돌리고 치우면서 허리가 다 휠 지경이다. 아이에게 오령산을 따뜻한 물에 잘 녹여서 조금씩 스푼으로 떠먹이면 신통하게도 구토증이 가라앉는다. 병원에서는 주로 포리부틴 건조시럽 같은 약을 쓰지만, 효과는 비교할 수 없다. 며칠간 아픈 아이를 돌보고 빨래로 지친 얼굴을 한 엄마가 약국을 찾아와 덕분에 이제 살 것 같다며 고맙다는 인사말을 건넬 때 약사로써 제일 큰 보람을 느끼는 순간이다.

<배탈, 설사, 구토 처방 요약>

1. 오령산이나 위령탕, 반하사심탕

2. 에세푸릴(세균성 지사제) 캡슐

설사가 심하다면 1번 중 하나와 2번을 동시에 복용할 수 있다.

3. 빈혈

빈혈이란 피가 부족한 것이다. 혈액 속에 헤모글로빈이라는 적혈구 색소가 낮으면 산소와 영양공급능력이 떨어지는데 주로 폭풍 성장기의 아이들과 여성들에게 많이 나타난다. 적혈구의 수명은 평균 120일 정도이지만 어떤 원인에 의해 이 수명이 많이 미달되면 빈혈이 된다. 헤모글로빈은 핵 부분이 철분이고 그 주변을 단백질이 싸고 있는, 가운데가 오목한 도넛 모양이다. 영양 상태가 불량하여 오는 빈혈에는 철분과 단백질 섭취가 중요하고 적혈구 수명을 길게 해 줄 항산화제로 비타민E와 C가 좋다.

"빈혈 있으세요?"

약국을 찾은 사람들에게 물어보면 대개 확신 있게 대답한다.

"아뇨. 저 빈혈은 없는데요."

사람들은 빈혈을 어지럼증으로 이해하는 것 같다. 빈혈이 있냐는 질문을 어지럼증이 있느냐는 질문으로 알고 있는 경우가 많다. 빈혈의 가장 흔한 증상은 두통이다. 그 외에 속이 메슥거리거나 어지럼증, 피로감, 소화불량, 숨이 차고 맥박이 빠른 증상 등이 있다. 그러니까 어지럼증이 없어도 특히 여성의 경우, 생리 전후에 진통제로 잘 듣지 않는 두통은 빈혈 증상으로 보아야 한다. 여성은 정기적으로 생리를 하므로 특별히 빈혈 검진 없이도 생리 기간 철분제를 복용하는 것이 좋다.

철 결핍성 빈혈로 진단받았거나 혹은 예방목적으로 복용하기를 원하는 사람들은 약국에서 철분제와 비타민B군 그리고 효모 제제를 사서 먹는 것이 좋다. 진단은 병원에서 받았더라도 빈혈치료제는 영양제로 분류되므로 처방을 받는 것보다 일반약으로 상담받으면 된다. 대개 집중 치료는 6개월 정도 걸리며 예방목적이라면 피곤함을 많이 느낄 때, 혹은 생리 중에 복용하는 것처럼 간헐적으로 섭취하는 것도 좋은 방법이다. 요즘처럼 먹을 것이 넘치는 시대에 영양실조에 해당하는 빈혈이 많은 것은 식사와 연관이 있다. 지나친 인스턴트 위주의 식사와 불규칙한 식사, 혼자 대충 챙겨 먹는 혼밥문화, 여기에 한 가지 더 추가한다면 약물 부작용이다.

흔히 속 쓰림에 먹는 겔 타입의 위장약은 제산제로 위산을 중화시켜 통증을 완화시킨다. 여기서 위산을 중화시킨다는 말에 유의해야 한다. 사람들은 흔히 산성은 '나쁜 것', 알칼리는 '좋은 것'이라고 막연히 알고 있지만, 때에 따라 다른 법이다. 그 중에서 위장의 산은 나쁜 것이 아니라 위장에 들어온 음식물을 소화시키는 효소에 꼭 필요한 환경이다. 만약 제산제를 쓰면 우선 위 속에 그득하던 음식물이 십이지장으로 내려가므로 막혔던 속은 편한 것 같지만 제대로 소화가 이루어지지 않은 채 내려가기만 한 것이므로 아랫배에 가스가 차고 습관적으로 복용하면 영양 상태가 나빠진다. 특히 단백질과 미네랄의 흡수를 방해하므로 빈혈과 같은 질병을 부르기 쉽다.

요약하면,

빈혈의 1차증상은 두통이다. 흔히 생각하는 어지럼증이 아니다. 불규칙한 식사와 인스턴트 식품 위주의 음식 섭취, 스트레스가 원인일 수 있다.

그 외에 제산제와 같은 약물이 철분과 단백질의 흡수를 방해하여 빈혈을 일으키기도 한다. 약국에서 철분과 비타민B , 비타민C와 효모제제를 같이 복용하면 치료가 쉽다.

4. 혈뇨와 단백뇨

소변검사에서 적혈구가 검출되면 '혈뇨'라고 하며, 단백질이 검출되면 '단백뇨'라고 한다. 소변의 색깔이 적색이나 갈색일 수도 있지만 육안으로는 정상인 잠혈이 있는 경우도 있다. 단백뇨든 혈뇨든 병원에서는 1~2개월마다 검사만 반복할 뿐, 특별한 치료 방법이 없다. 이런 상태를 오래 방치하면 신장에 염증이 생기거나 만성 신염으로 발전할 가능성이 있어서 치료하지 않으면 안 된다. 약은 없지만, 반드시 치료해야 되는 상황인 것이다.

한방에서 특히 고방(한방의학의 원조)에서는 사구체가 느슨해져서 적혈구를 걸러내지 못하는 이 질환에 효과가 있는 처방이 있다. 복령, 아교, 활석, 도인과 같은 약재를 넣어 처방한 약이다. 이 약은 과립제이므로 먹기도 편하고 부작용도 거의 없으며 효과도 눈에 띌 정도로 빠른 편이다. 아교는 생약에서 지혈작용이 있는 것으로 알려져 있고 활석은 곱돌이라는 돌가루인데 코팅 작용이 우수하여 상처 난 부위를 잘 아물게 한다. 그런데 피부가 아닌 콩팥 사구체에 특이적으로 그 치료 작용을 나타낸다고 하니 신기할 뿐이다. 보통 음양허실에 따라 까다롭게 처방 조정을 해야 하는 고방에서 예외적으로 그냥 쓸 수 있으니 더욱 더 고마운 일이다. 이 약을 3개월 이상 복용한 후에 다시 병원에서 검사를 받아 상태가 호전되었는지 확인해 볼 수 있다.

5. 구내염, 구각염

입안에 염증이 생겨 허는 것을 구내염이라고 하고, 예로부터 어른들이 '입 크려고 그런다'고 했던, 입꼬리가 헐고 찢어지려는 것을 구각염이라고 한다. 구각염은 교과서에도 비타민 B 결핍증이라고 나오는 비타민 병이다. 구내염에 걸린 사람들은 오라메디나 페리덱스 같은 구강연고제 혹은 알보칠이라는 액제를 면봉에 찍어 바르거나 병원에 가서 처방약을 받는다. 페리덱스나 오라메디는 부신피질호르몬제 성분으로 항염증 작용을 내는 것이고 알보칠은 소독과 지혈작용을 하는 구내염 치료제이다.

그런데 구내염은 비타민 B 고함량에 특이적으로 반응하는 질환이다. 한방이론으로 보면 체내 열이 쌓여서 생긴 염증이지만(특히 난치성인 경우 이 열을 다스려야 치료된다), 영양학적으로 보면 비타민 B군 결핍증이어서 고용량의 비타민B에 빠른 효과를 보인다. 그러니까 늘 구내염을 달고 사는 사람은 체질적으로 다른 사람보다 비타민 B 요구량이 많은 것이다. 단, 여기서 비타민B라 함은 종합영양제에 함유된 정도가 아닌, 개별 성분당 100단위의 고함량을 말한다.

외용제로는 스프레이 타입의 프로폴리스가 특효약이다. 프로폴리스란 벌집에서 추출한 천연수지질로 항염, 살균작용, 항산화작용이 우수하다. 보통 사람들이 알기로는 물에 서 너 방울 떨어뜨려 먹는 갈색 액체이지만 스프레이 타입으로 만든 제품을 구강 내에 뿌리거나 액제 제품을 희석하지 말고 두 방울 정도 입안에 머금으면 구내염 치료에 탁월한 효과를 볼 수 있다. 한 가지 주의할 것은 프로폴리스 제품을 선택할 때는 약국에서 정식 제품을 구입해서 쓰는 것이 좋다. 양봉업자가 가내 수공업으로 만든 것은 아무래도 함량이 부족한 탓인지 위의 효과를 보기가 어려웠다.

굳이 약국 약보다 병원에 가기를 원하는 사람에게는 먹는 약으로 부신피질호르몬제를 처방한다. 그러나 부신피질호르몬제는 구내염의 원인을 치료하기 어렵고 위장장애, 혈당 상승, 부종 등의 부작용이 있으므로 신중해야 한다. 아래 세 가지 방법을 겹쳐서 실천할 수도 있다.

요약하면,

만성적인 구내염이 속열 때문이라면 한방과립제 중 삼황사심탕이나 황련해독탕을 입에 머금고 있다가 삼키는 방법을 우선 써보자. 다른 부작용이 없으니 안심하고 해 볼 수 있다. 구강 내에서 바로 흡수되어 염증을 치료하는 고마운 작용이 있기 때문이다.

비타민 요법으로는 비타민B100 제품 하루 한 알이나 두 알을 복용. 비타민C 1000밀리(mg)를 하루 세 번 이상 병용하면 더 좋다.

바르는 약으로 약국 일반의약품인 페리덱스(녹십자)나, 오라메디(동국제약)가 있다. 단, 바르는 약은 장기적으로 쓸 경우 부신피질 호르몬 부작용이 있을 수 있다.

6. (위장병이 있는 사람의) 어지럼증

어지럼증은 폭넓은 원인을 가진 증상이므로 부득이 '위장병이 있는'이라는 단서를 달았다. 보통 상식으로 아는 어지럼증은 빈혈성 어지럼증인 경우가 많다. 병원에서 검사를 받고 빈혈이라는 진단이 나오면 철분제를 처방받는다. 이 경우에도 병원에서 처방받은 철분제보다 약국에서 일반약으로 구매하는 것이 더 좋다.

빈혈성 어지럼증 외에 위장병을 동반한 어지럼증이 있다. 주로 역류성 식도염이나 만성적 위염이 있는 사람 중에 어지럽고 토할 것 같이 메슥거린다는 사람들에게는 멀미약에 속하는 보미롱 같은 항히스타민제에 위장관 기능 조절제를 처방하는데 이것은 원인을 잡는다기보다 대증요법이라고 하여 증상만 없애는 약이다. 이럴 때 약국에서 쓰는 오령산이라는 약을 쓰면 금방 치료가 되는 경우가 많았다.

어느 날, 며칠째 식은땀이 나고 삭신이 쑤시면서 기운도 없고 어지럽다는 과체중의 중년여성을 만났다. 기운이 날까 싶어 수액제를 두어 번 맞았지만, 수액 맞느라 한 시간 이상을 누웠다 일어나니 더 어지럽다고 했다. 그는 혈압도 높고 위산이 많아 '란소프라졸'이라는 약도 복용 중이었다. 그에게 오령산을 여섯 포 주었는데 그 약을 먹고 급 호전되었다. 오령산은 위장병이 있는 사람들이 어지러울 때 먹는 한약 과립이다. 이런 증상이 있는 사람들은 본인은 잘 인지하지 못하지만 대개 소변이 개운치 않아 야간에 잠을 푹 자지 못하고 수시로 화장실을 들락거린다. 소변이 덜 빠져나가면 필요 없는 노폐물인 수분이 쌓여 몸에 해를 끼치는데 이것을 수독이라고 한다. 어지럼증의 경우 위장관에 쌓였던 수독이 평소에는 위산과다로 염증을 일으키다가 스트레스를 많이 받으면 머리 쪽으로 치솟으면서 어지럼증을 일으킨다.

오령산은 택사탕을 기본으로 복령, 저령, 계지가 들어간 한방 처방약으로 복통, 설사나 장염에 부작용 없이 쓰이는 안전한 약이다. 그런데 위의 설명과 같이 어지럼증에도 아주 훌륭한 치료 작용을 할 때가 많다.

정리하면,

- 특별한 원인 없이 어지럼증이 오래간다.
- 병원에서 처방을 받아 약을 먹어도 별 진전이 없거나 재발한다.
- 기운이 없고 메슥거리며 평소에 위장병이 있다.

위의 증상에 해당한다고 생각되면 약국을 방문해서 안전하고 부작용 없는 오령산을 복용해 보면 좋다.

7. 식도 열감, 햇빛 알레르기

식도 열감, 햇빛 알레르기는 병명으로 따로 있지는 않다. 어느 20대 청년에게서 본 특이증상으로 체온은 정상이면서 목 넘어가는 부분과 식도에 열에 의해 몸이 타들어 가는 듯한 열감이 있었다. 청년은 몹시 괴로워하며 벌써 일주일째 이 병원 저 병원을 돌아다녔지만 의사 선생님마다 고개를 갸웃거리기만 했다고 한다. 마지막으로 간 대학병원 응급실 당직의가 건넨 처방전에는 베타딘 가글(소독약)이라고만 적혀 있었다. 의학 기술이 많이 발전했지만 어떤 영역에서는 한방에서 좋은 점들을 끌어 적용하기도 해야 한다면 이와 같은 열독도 포함될 것이다.

오령산을 말할 때 수독이라는 표현을 썼는데 이와 비슷한 원리로 열독, 식독, 혈독이라는 것이 있다. 우리 몸의 70%가 물이라는 사실로도 알 수 있듯이 우리는 매일 물을 마셔야 하고 그 물이 체내에서 여러 가지로 반응하다가 다시 소변을 주 통로로 하여 배설되는데 이 경로에 문제가 생겨서 제대로 빠져나가지 못한 수분이 독이 되어 쌓인 것을 수독이라고 한다. 또 우리 몸은 살아 있는 생명체이므로 열이 있지만, 그 열이 어떤 원인에 의해 전체적으로나 특정 신체 부위에 몰리면 과열되어 병증이 되는데 이것을 열독이라고 한다. 식독은 음식, 혈독은 피가 독이 된 것을 말한다.

그런데 양방에서는 수독이라는 개념이 없다. 탈수증이 심하면 응급으로 취급하여 수액을 공급하고, 전신에 부종이 심하거나 복수가 차면 이뇨제를 쓰지만 이런 상황이 아니라도 수분으로 인한 병증은 다양하게 있다. 열독도 마찬가지로 저체온증이나 미열, 고열과 같은 전신적인 열 이상은 병으로 보아도 체온과 상관없이 몸이 차거나 특정 부위에만 열이 몰린 것은 병증으로 보지 않기 때문이다.

이 청년은 어찌 된 일인지 인두, 후두와 식도 부위에만 화상을 입는 것처럼 익어버리는 열감이 있는데 해열제를 쓸 수 없어서 난감해진 것이다. 그런데 한방에서는 이런 열을 식히는 약재가 있고 처방도 간단하다. 식도 열감이 흔히 볼 수 있는 증상은 아니지만, 해열제로도 잘 떨어지지 않는 열에 같은 처방을 응용해 볼 수 있는 것이다.

햇빛 알레르기는 말 그대로 햇빛에 노출되면 피부 알레르기가 생기는 질병인데 덥기만 해도 피부에 반점이나 두드러기가 생기는 증상을 모두 포함하며 결국은 피부에 발산되는 열이 원인이다. 알레르기는 피부과에서 스테로이드제와 항히스타민제라고 하는 가려움증약을 주로 쓰지만, 마찬가지로 자주 반복되거나 약을 먹어도 호전이 잘 안 되는 만성일 경우에는 식도 열감과 동일한 한방이론으로 효과를 볼 수 있다.

열을 식혀주는 대표적인 차가운 약재는 석고이다. 물론 모든 열증에 석고를 쓴다는 말은 아니다. '석고가 약인가?' 하고 놀라는 분들이 있겠으나 약재로 쓰는 석고가 있으며 양허증에는 죽엽석고탕, 백호탕, 양실증에는 월비가출탕을 때에 따라 시호제와 합방하여 수많은 열증 환자를 치료하는 효자처방으로 이용되고 있다. 고방에서는 가장 뜨거운 성질의 부자나 오수유, 또 가장 차가운 성질의 석고, 대황, 망초와 같은 약재도 증만 맞으면 무독하고 훌륭한 속효의 치료제로 쓰이고 있다. 더구나 탕제도 아니고 간단한 과립제 조제로 부작용 위험 없이 써 볼 수 있는 약국이야말로 모두에게 사랑받을 만한 곳이다.

8. 습관적인 담 결림, 얼굴 근육 떨림, 부정맥

"근육 이완제 주세요."

최근 담 결림으로 고생하는 사람들이 점점 더 많아지더니 근육 이완제라는 꽤 어려운 말도 이제는 일상용어가 되어버린 것 같다. 담 결림이란 근육이 뭉치는 것으로, 피곤하든지 무리하게 근육을 쓰면 뻣뻣해지면서 통증을 호소하게 되는 것이다. 처방약으로는 소염진통제와 근육 이완제를 쓰며 간혹 항염증 효과가 큰 스테로이드제를 짧게 쓰기도 한다. 그런데 이것이 너무 자주 반복되면 그때마다 예의 처방약으로 버티기보다 마그네슘 부족을 의심해 보아야 한다.

마그네슘은 칼슘과 친한 미네랄로서 칼슘의 역할에 꼭 필요하다. 그래서 골다공증 치료에는 칼슘과 마그네슘 그리고 비타민D가 복합제로 처방되고 있고 일반의약품으로도 다양하게 나와 있다. 또한 마그네슘은 근육과 신경, 심장 박동과 혈압, 당뇨 환자의 혈당조절 등에도 아주 중요하다. 담 결림은 근육이 뭉쳐서 아픈 것이고 얼굴 떨림은 일종의 근육경련으로서 신경과 근육의 작용에 관여하는 마그네슘 결핍과 연관이 있다.

현재 약국에는 마그네슘과 토코페롤이라는 비타민E 그리고 신경 비타민이라고 하는 비타민B1, B6, B12가 복합제로 나와 있다. 이것은 영양 요법적으로 아주 우수한 조합이다. 마그네슘은 근육의 이완작용을 하는 것이고 토코페롤은 근육에 쌓인 피로물질인 젖산이 덜 생기도록 해 주는 작용이 있다. 운동할 때 근육 속에 산소가 부족하므로 무산소 대사에 의해 젖산이 만들어지는데 토코페롤은 항산화 작용으로 근육 내 산소요구량 자체를 감소시키는 역할을 하며 활성산소라고 하는 유해물질의 발생을 막는 작용이 있다. 그러니까 토코페롤이 근육 피로의 원인인 젖산생성을 방지하고 독성물질인 활성산소를 차단해서 마그네슘의 효과를 돕는 것이다. 신경 비타민은 말 그대로 신경작용에 있어서 꼭 필요한 대사원료 물질이므로 담 결림이나 근육경련에 이들 세 가지 복합영양제는 천연 근육 이완제라고 볼 수 있다.

부정맥이란 맥박이 일정하지 않은 심장병으로서 지독한 스트레스에 노출되어 생기는 화火병의 하나이다. 심장병이라고 하면 보통 약국에서 도움을 받을 일이 있을까 싶지만 약사가 권하는 마그네슘과 메가 비타민B를 처방약에 추가하시기 바란다.

마그네슘은 실제로 병원 응급실에서 부정맥 환자에게 주사제로도 쓰고 있는 약이다. 당연히 효과가 아주 빠른 응급약이다. 그런데도 왜 먹는 약으로 처방이 안 되는지, 처방약이 아니라면 효과가 없어서라고 생각하기 쉽겠지만 사실은 마그네슘이 자연 물질로서 제약 특허가 불가능하고 글로벌제약사의 이익구조에 맞지 않는 안타까운 현실 때문이라고 볼 수 있다.

9. 대변지림

자기도 모르게 속옷에 대변이 묻어 나온다고 하는 분이 있었다. 마르고 체격도 왜소한 60대 여성이었다. 처음엔 변비가 생겨서 변비약을 처방받아 먹었는데 약이 강했는지 설사를 하고 나서부터 항문에 힘이 없어져 걷다가도 변이 나온다는 것이다. 수치심에 일상생활이 안 될 뿐 아니라 죽고 싶다는 생각이 들 만큼 괴로운데도 담당 의사는 별다른 방법이 없다며 고개를 저었다고 했다.

나중에 안 일이지만 이 환자는 복용 중인 약이 참 많았다. 달리 많은 게 아니라 콜레스테롤 검사 후에 고지혈증약을 처방받아 먹다가 소화가 잘 안 되어서 약이 추가되고 변비가 있어서 약이 추가되는 식으로 점차 약이 많아진 것이었다. 세심한 주의를 기울이면 얼마든지 줄일 수 있는 약을 매번 동일한 약으로 재처방을 받다 보니 가짓수가 늘어난 것이다.

항문 괄약근이 힘이 없어서 변을 지리는 것은 어떻게 치료할 수 있을까? 여기에는 한방이론이 필요하다. 한약에는 근육에 힘을 실어주는 처방이 있다. 특히 이분처럼 허약한 허증의 사람에게 잘 맞는 약이 계지가작약탕이다. 이것은 쌍화탕의 기본이 되기도 하는데 근육통에도 쓰고 장에 힘이 없어서 변비가 생긴 사람에게도 쓰고 짧게 써도 효과는 좋은 편이다. 이분에겐 계지가작약탕을 기본으로 허리 부분을 따뜻하게 하는 이중탕 등을 가감하여 일주일 만에 대변지림을 퇴치할 수 있었다. 비록 계지가작약탕이 운동 근육뿐 아니라 내장 평활근에도 효과가 있다고 하지만 대장이 아닌 항문 괄약근에 적용이 될까 의문이었다. 그러나 결과는 만족스러웠고, 혹시 또 그럴까 불안한 마음이 있었기 안정적으로 3개월 정도 더 투약하였다. 그동안 이 환자가 과도하게 복용 중인 처방약을 줄이는 시도가 필요했다. 위장이 나쁘지도 않은데 막연히 제산제와 위산 억제제를 복용해서 장운동을 억제한 것이 대변지림 증상을 더 악화시킨 원인으로 보였다. 환자에게 담당 의사와 의논하도록 했고 덕분에 약을 줄일 수 있었다.

10. 체부백선, 어루러기, 다한증

여름철 덥고 축축한 곳에는 곰팡이가 자주 핀다. 장마철에 집 안이 눅눅해지면 곰팡이 냄새가 나는데 이때 제일 좋은 방법은 습기를 말리는 것이다. 예전에는 비 오는 날, 비록 좀 덥긴 해도 뽀송뽀송해지도록 보일러를 틀었는데 요즘엔 성능 좋은 제습기들이 많이 나와서 곰팡이 제거가 훨씬 쉬워지고 있다. 이처럼 눅눅하고 습한 곳에 피는 곰팡이가 피부에 생긴 것이 체부백선, 혹은 어루러기라고 하는 진균증이다. 몸에 열감이 있으면서(양증) 땀이 많은 사람에게 많이 나타나는데 웬만한 진균 치료제는 써봤자 잘 낫지 않는다. 요즘 진균 치료제는 가격도 비싸고, 간독성이 있어서 장기간 쓰기가 부담스럽다. 체부백선이나 어루러기에 유독 진균 치료제가 잘 듣지 않는 것에는 그만한 이유가 있다. 곰팡이 서식의 원인이 되는 습기가 그대로 있기 때문이다.

가장 확실한 치료법은 습기를 말리는 것이다. 피부의 땀과 습기를 적정하도록 조절하는 것이 가능할까 싶겠지만 적어도 고방의 음양허실론에서는 어려울 것이 없다. 과다한 습기를 말리는 것이 가능하므로 자연히 다한증 치료가 된다. 다한증이란 지나치게 땀이 줄줄 흐르는 것으로 손바닥이나 발바닥, 겨드랑이에만 국한된 것은 간단한 외용제로 조절할 수 있지만, 상체 혹은 전신에 나는 것은 고방의 과립제로 치료할 수 있다.

양약으로 어떤 질병을 치료하면 부작용이 있을 수 있지만, 고방의 음양허실로 치료 가능한 경우에는 애초에 고치려 했던 증상 이외에 다른 질병들도 같이 덤으로 치료되는 장점이 있다. 이 체부백선 어루러기 치료도 그와 같아서 열과 습이 과하여 생긴 다른 증상들, 예를 들면 고지혈증, 알레르기성 질환들, 비만까지도 개선된다.

- 손발 다한증에 바르는 약 : 드리클로, 노스엣
- 얼굴 다한증에 붙이는 펙 : 스웨트롤

11. 무좀, 손발톱 무좀

앞서 말한 체부백선, 어루러기가 피부에 생긴 곰팡이라면 무좀은 발에 곰팡이가 생긴 것이다. 신체 중에서 하루종일 양말과 신발 속에 싸인 발은 가장 덥고 통기가 되지 않아 습해지기 쉬운 부위여서 곰팡이의 서식처가 된다. 무좀이 심해지면 덤으로 생기는 것이 조갑진균증이라고 하는 발톱무좀이다. 드물지만 손톱에 생기는 경우도 있다. 몇 해 전부터 모 제약사에서 TV 광고를 통해 바르는 발톱무좀약을 선보이면서 약국에 부쩍 문의가 많아졌는데 마치 그 광고가 전 국민을 상대로 조갑진균증 교육을 한 것 같다는 생각이 든다. 덕분에 손발톱 무좀이 무엇인지 어떻게 생겼는지 그런 것은 어느덧 상식이 되었다.

손발 무좀은 요즘 1회 적용으로 15일간 효력이 지속되는 편리한 제제가 나왔다. 이것도 제약사의 실감 나는 광고 덕분에 사람들에게 널리 알려진 무좀약인데 약국에서 일반약으로 살 수 있다. 저녁에 씻고 발을 잘 말린 다음, 발바닥 전체와 발가락을 포함하여 덧신 신은 모양으로 충분히 바르면 된다. 단, 바른 다음 24시간 물에 닿지 말아야 한다. 조갑진균증에 쓰는 약은 매니큐어 타입으로 일반 무좀약보다는 고가이지만 약국에서 살 수 있는 치료제 중에 적극적으로 권유할 만한 장점이 많은 제품이다. 우선 처방으로 먹는 약을 선택하면 간독성이 우려되지만 바르는 약이니 그런 염려가 없다. 또 예전에 나온 제품은 저녁마다 사포로 긁고 솜으로 약층을 닦아낸 뒤에 다시 약을 발라야 하는 번거로움이 있었지만, 지금은 그럴 필요 없이 발을 씻고 말린 뒤에 그냥 덧바르기만 하면 된다.

무좀 치료제는 바르는 외용제로서 약국에서 처방전 없이 구입하여 안전하게 쓸 수 있는 약이다. 크림타입과 스프레이 타입이 있는데 취향에 따라 골라 쓸 수 있다.

12. 잇몸염증, 시린니, 풍치

치과에 관련된 질환이지만 어느 경우보다 약국이 치료에 기여하는 바가 크다.

잇몸 염증이 자주 생기면 원인은 속열에 있다. 스트레스를 많이 받거나 당뇨가 있으면 흔히 말하는 화병(火病) 상태여서 염증이 잘 생긴다. 체질상 입으로 그 열이 올라오면 구내염이나 잇몸 염증이 자주 생기고 구취가 나기도 한다. 치과에 가서 스케일링을 비롯한 외과적 처치를 받고 항생제와 소염제를 처방 받지만 자주 그렇다면 약국 일반의약품으로 나온 제품을 상복하는 것이 좋다.

약국 일반의약품은 크게 두 가지로 나뉜다. 광고품목으로 익숙한 이가탄(명인제약)제품 계열이 그 하나이고 인사돌(동국제약)이 두 번째인데 용도가 조금 다르다.

이가탄 계열은 리소짐이라는 순한 소염제와 토코페롤, 비타민C가 주성분으로서 단순한 잇몸염증에 하루 세 번 먹는 약이다. 100캡슐 포장도 있고 10캡슐 포장도 있어서 짧게는 3일, 길게는 여러 달 이어서 복용 가능한 단순 염증 치료제이다. 소염 진통제와 함께 복용하기도 한다.

인사돌 계열은 치주질환 치료제로서 조금 더 깊숙한 염증을 위해 장기간 복용하는 약이다. 잇몸이 녹아 내렸거나 풍치라서 이가 시리고 흔들리는 경우 치과에서는 발치만 답이라고 하지만 기본적인 처치만 받은 상태에서 이 제품을 한 두 달 이어 느긋하게 복용해 보자. 놀랍게도 흔들리던 이가 다시 단단해 지는 것을 경험할 수 있다.

충치라서 빼고, 흔들려서 빼고, 뿌리가 다 녹았다고 빼다 보니 어느새 내 이는 몇 개 남지 않고 브릿지나 임플란트로 입 안을 채우게 된다. 잘 하는 일인지 생각해 볼 일이다.

시리면 신경치료를 하지만 그것은 신경을 살리는 것이 아니라 죽여서 감각이 없게 만드는 것이다. 신경치료를 하고 나면 그 부위는 피가 통하지 않아 잇몸과 치아 손상이 더 급속해진다. 이런 면에서 인사돌 계열 약은 아주 유효하다. 20개의 치아를 80대까지 유지하는 것. 단순히 치아 보존만이 아니라 전신을 건강하게 하는 가장 기본적인 건강관리법이다.

이가탄 계열 - 명인제약 이가탄 외에도 덴티자임(유한양행), 이튼튼(정우신약),덴타포스(고려제약) 등 다수 있음. 단순 염증 치료, 잇몸이 붓고 피나고 통증이 있을 때 하루 세 번 식후 복용

인사돌 계열 - 덴큐(일동제약), 이튼큐(종근당), 티스롤(동성제약)외 약국 제품 다수 있음. 2정씩 하루 2~3회 복용. 위장장애 없어서 식전 복용 가능.

인사돌 계열보다 좀 더 나은 건강기능식품 종류로 옥수수 추출물과 리소짐, 프로폴리스 함유 제품 있음(예 : 인사프리미엄 외 다수). 하루 한 번 1정 복용으로 풍치와 시린니, 흔들리는 치아에 치료 목적으로 복용 가능.

2장

내 몸 사용설명서

…

내 몸은 왜 자꾸 아픈 걸까?

2장 내 몸 사용설명서

… 내 몸은 왜 자꾸 아픈걸까?

하루에 커피 열 잔, 아침은 거르고 점심은 대충 때우고, 저녁은 회식 겸 술자리. 잠은 주로 자정 넘어 몇 시간. 그나마 야근이나 친구들과 어울려 밤을 꼬박 새우기도 한다. 삶의 기본 패턴이 무너지면 우리 신체는 큰 스트레스에 노출된다. 바로 물리적인 스트레스 환경이다.

1. 몸과 마음의 대화 - 호르몬

잠언에 따르면 '마음의 근심은 뼈를 마르게 한다.' 뼛속에는 골수라고 하는 조직이 있는데 뼈가 마른다는 것은 골수의 기능, 즉 조혈작용이 저해된다는 뜻이 된다. 실제로 만성적인 빈혈 내지는 악성 빈혈로 고생하는 사람 중에 지속적인 정신적 스트레스에 시달리는 사람들이 많이 있다. 요즘은 건강을 위해 플러스 발상, 긍정적 사고가 중요하다고 알려져 있고 의학계에서도 정신의

학계를 중심으로 마음의 병이 육체로 옮겨지는 것을 정설로 인정하고 있다. 육체와 마음은 늘 대화를 나눈다. 마음으로 어떤 생각을 하면 그것은 우리 신체 내에서 반드시 구체적 물질을 만들어 반응을 나타내는데 이 물질을 호르몬이라고 한다.

원래 호르몬은 신체 내에서 여러 생리 활동을 위하여 만들어내는 신경전달물질로 알려졌으나 분자 생리학, 뇌과학의 발달로 인간 정신세계와 긴밀하게 연결되어 있음이 밝혀졌다. 인간 정신세계라고 하면 거창하지만, 쉽게 말하면 우리의 감정이다.

호르몬=인간 정신세계=감정

슬픔이나 분노나 심지어 사랑의 감정이 알고 보면 모두 호르몬 작용이므로 마음과 신체를 건강한 상태로 유지하는 비교적 쉬운 길을 호르몬 속에서 찾을 수 있다.

(1) 감정과 관련된 호르몬들

감정을 조절하는 뇌내 호르몬은 크게 다음과 같다.

노르아드레날린(노르에피네프린)

뇌내 호르몬이지만 신장의 부신수질에서 만들어지는 교감신경 전달물질이기도 하다. 우리가 살아가는 데 활력을 주는 아주 중요한 호르몬이어서 만약 이 호르몬이 없다면 밤에 잠이 들었다가 영영 깨어나지 못할 것이다. 낮에 열심히 일을 할 수 있는 것도 이 호르몬 덕분이다. 그런데 이 좋은 호르몬에 독성이 있다. 특히 화를 내거나 분노를 품을 때 다량 분비되면 몸에 심각한 위해를 끼칠 수 있다는 것이다. 그 과정을 풀어보자.

분노가 우리 몸에 들어오면 몸은 마주친 문제를 해결하기 위한 경계 자세를 취한다. 심장 박동이 빨라지고 혈관이 수축되며 소화 기능은 억제되고 열이 오르는데 이 모든 것이 주로 교감신경 흥분 호르몬인 노르아드레날린의 작용이다. 이때 우리 몸속에는 마치 자동차의 액셀을 급히 밟을 때 배기구에 불완전 연소된 시커먼 연기가 나듯 활성산소를 비롯한 독성물질들이 만들어진다. 긴장하거나 화를 내고 나서 급속히 피곤해지는 것은 아드레날린이 만드는 경계 자세 자체가 많은 에너지를 요구하기도 하지만 이때 만들어진 독소를 해독하는데 2차적으로 체력소모가 크기 때문이다.

한편, 과량의 노르아드레날린이 나타내는 독성은 매우 강력해서 자연계의 뱀독이나 복어의 독에 필적한다고 한다.

'분노를 품더라도 해가 지도록 품지 말라'는 성경 말씀은 분노로 사그라들 우리의 건강과 생명을 지키라는 사랑의 교훈이다.

아드레날린(에피네프린)

위험을 느낄 때 분비되는 호르몬으로 노르아드레날린을 기초로 만들어진다. 신속하게 방어 자세를 취하게 만들어 유사시를 대비하도록 한다. 예를 들어 사람들 앞에서 발표를 하거나 시험을 치러 가면서 떨리고 긴장을 하게 되는 것이 아드레날린 때문이다. 심장마비 환자에게 심박동 자극을 위해 응급약으로 이 호르몬을 주사하기도 하고 갑자기 혈압이 현저히 떨어진 경우에 생명을 건지는 약물로 쓰이기도 한다. 그런데 이 호르몬도 높은 농도에서 노르아드레날린과 같은 독성을 가진다. 생존을 위해 필요하지만, 자칫 도리어 생명을 위협할 수 있는 이중성을 가진 호르몬이다. 흥미로운 사실은 유명 골프선수들이 대개 이 호르몬 조절의 귀재라는 것이다. 보통 사람이라면 긴장하여 잘하던 것도 실수할 찰나에 아드레날린의 긴장과 집중 효과를 최대치로 끌어올리는 것이 그들의 비결이다.

도파민

이것은 기쁨과 창조의 호르몬이라 불린다. 새로운 것을 깨닫는 순간이나 작곡가가 창작열에 사로잡혀 명곡을 쓸 때 이 호르몬이 다량 분비된다. 평범한 사람에게도 의욕을 불러일으키는 이 호르몬은 역시 과다 분비되면 에너지가 필요 이상으로 소비되어 그만큼 일찍 죽게 된다. 죽지 않더라도 조현병이나 간질병이 올 수 있고 정서적 장애와 사고의 혼란으로 고통을 당한다. 반대로 이 호르몬이 적으면 파킨슨병(떨림과 근육경직을 특징으로 하는 중증질환)이나 치매 가능성이 커진다. 많아도 문제, 적어도 문제가 되는 필수 호르몬인 도파민. 그래서 파킨슨병 치료제로 쓰이는 도파민은 부작용 때문에 특히 주의해야 할 약물에 속한다.

역사적으로 천재라고 알려진 사람들이 일찍 사망하거나 뇌 질환을 앓았던 이유도 도파민 과잉과 깊은 관련이 있다고 한다. 우리가 스포츠 관람을 즐기는 이유. 홈런이나 안타를 날리는 순간, 축구 골대를 흔드는 득점의 순간에 경기장 안을 펄펄 끓게 만드는 것이 도파민 호르몬이다. 애연가들이 담배를 피울 때 느끼는 짜릿한 쾌감 또한 도파민 작용이다. 담배를 끊으면 금단증상이 생기는데 이때 도파민이 아니면서 도파민 유사작용을 하여 담배를 끊도록 돕는 것이 금연보조제이다.

세로토닌

아무리 괴로운 일이 있어도 단잠을 자고 나면 상쾌한 기분이 들 때가 있다.

이 단잠의 호르몬이 세로토닌이다. 아플 때는 통증을 차단하고 출혈이 있을 때는 지혈을 하기도 한다.

앞서 설명한 아드레날린과 노르아드레날린, 도파민이 모두 각성 호르몬이라면 이 세로토닌은 안식 호르몬이라고 할 수 있다. 낮에는 열심히 일하다가도 밤이 되면 피로를 느끼면서 쉬고 싶어지는 것은 노르아드레날린이 줄어들고 세로토닌이 활발해지는 까닭이다. 우리 몸의 생리 반응은 시간에 따라 더욱 정교하게 진행되어 잠잘 때가 되면 세로토닌의 안정작용이 멜라토닌에 넘어간다. 멜라토닌은 깊은 잠으로 유도하여 하루의 피로를 말끔히 씻어준다.

의학의 발달로 우울증이 이 세로토닌의 결핍에 의한 것이라 밝혀지면서 지금은 우울증치료제로 처방이 되고 있다. 그러나 어떤 호르몬이라도 외부에서 인위적으로 투입하면 위험성이 커진다. 호르몬은 체내 피드백이 이루어져야 하는데 외부에서 투입되는 호르몬은 몸 전체의 조화를 깨뜨릴 수밖에 없기 때문이다. 세로토닌의 효능을 알고 스스로 이 호르몬이 잘 분비되도록 생활습관을 맞춰가는 것이 가장 좋은 방법이다.

베타엔돌핀

이것은 불굴의 심신을 만들어 삶의 큰 고통을 이겨낼 수 있는 힘을 주는 신기한 뇌내 호르몬으로 신체 내에서 만들어지는 마약이라고 하여 뇌내 모르핀이라고 불린다. 기분 좋은 상상을 하거나 즐기운 마음으로 좋아하는 일을 하게 되면 이 호르몬의 분비가 높아진다고 한다.

베타엔돌핀이 가진 진통 효과는 마약성 진통제의 10배에 달한다. 극도의 통증에 시달리던 환자가 코미디프로를 보고 한참을 소리 내어 웃었더니 그날 밤에 통증 없이 단잠을 잤다는 연구 일화가 있다. 이 환자는 자기도 모르게 베타엔돌핀을 이용하여 진통 효과를 본 것이다. 베타엔돌핀은 쾌감 호르몬이다.

호르몬의 종류는 이 외에도 셀 수도 없이 많다. 단지 기쁜 감정이 도파민이나 베타엔돌핀만의 작용 때문일까? 중요한 것은 어떤 종류의 호르몬이 어떤 작용을 하느냐 하는 사실보다는 분노, 의심, 미움, 슬픔과 같은 부정적인 감정들이 지나칠 경우 하나같이 건강을 해치는 주범이 된다는 데 있다.

우리에겐 때로 분노의 감정이 필요하다. 분노는 심리적인 영역, 지리적인 영역 등 우리 고유의 영역을 지키기 위해 필요한 방어책이다. 사람의 뇌 속에는 분노 중추라고 알려진 부분이 있는데 사고로 이 부분이 손상되면 매우 소극적이고 무력하게 살아갈 수 밖에 없게 된다. 대개 의지가 강한 사람이 분노의 감정도 잘 느끼므로 분노는 한편으로는 강한 의지의 필연적인 부작용이다. 슬픔은 어떤가? 눈물은 많은 정신적 노폐물을 씻어내는 세정제와 같다. 그러므로 우리에겐 분노와 슬픔을 느끼되 조절할 수 있는 대처능력이 필요하다.

감정과 의지

약한 의지를 가졌다는 것은 뒷마당에 어린 당나귀를 기르는 것과 같다. 어린 당나귀가 우리에게 큰 피해를 주진 않는다. 기껏해야 텃밭의 채소를 씹어 먹는 정도일 뿐이다. 하지만 당나귀는 큰 도움도 될 수 없다.

반면에 강한 의지를 가졌다는 것은 뒤뜰에 여러 마리의 힘센 말을 기르는 것과 같다. 이것들은 힘이 세고 체격이 커서 만일 제대로 길들이지 않으면 우리의 집을 부술 수도 있다. 하지만 제대로 길들이고 마구간을 잘 지어준다면 그야말로 산을 옮겨 놓을 수 있을 만큼 든든할 것이다.

감정을 조절하는 것은 의지이다. 앞에서 말한 대로 분노는 의지가 강한 사람에게 있는 막강한 에너지여서 많은 성취를 이루도록 돕는다. 분노만이겠는가? 때로는 슬픔도 기쁨도 우리의 에너지가 될 수 있다. 단, 적절히 조절할 수 있을 때를 전제로 한다. 감정을 조절할 의지는 마음의 근육과 같아서 단련될 수 있다. 단련된 의지와 호르몬에 대한 지식을 활용하면 스트레스 상황에서도 긍정적인 자신만의 힘을 발휘할 수 있을 것이다.

(2) 스트레스 반응

꽉 막힌 도로에서도 여유로운 사람이 있는가 하면 짜증스러운 얼굴로 화를 참지 못하는 사람이 있다. 같은 스트레스 상황이라도 받아들이는 사람에 따라 강도가 다르다는 것이다. 긴장하고 화를 내면 우리 몸 안에서는 아드레날린, 노르아드레날린이라는 호르몬을 분비해서 혈당을 올리고 근육을 긴장시킨다. 위기를 잘 모면하려고 전투태세를 취하는 것이다. 우리 사회는 늘 아드레날린, 노르아드레날린을 요구하고 더 높은 성과를 위해 도파민을 요구한다. 깨어 있는 동안 늘 긴장과 경쟁이 떠나지 않는 생활 패턴으로 살아가고 있는 것이다.

온종일 긴장 속에 살아가려면 몸은 많은 에너지가 필요하고 그 에너지의 생산 과정에서 산소 요구량이 늘고 피로 물질의 농도도 높아지게 된다. 이것은 마치 종일 쉬지 않고 자동차를 운전하면서 고속 페달과 브레이크를 연달아 밟고 가는 것과 같다.

독성물질의 대표 격이 바로 활성산소이다. 이것은 우리가 호흡하면서 마신 산소가 대사과정에서 활성 상태로 바뀐 것으로 독성을 가지고 있다. 그래서 혈전을 만들기도 하며 혈관 벽을 손상시키기도 하고 그 외에도 전신의 곳곳을 해칠 수 있는 파괴력을 갖는다. 활성산소는 주로 격렬한 운동 후나 극심한 스트레스를 받았을 때 많이 생기고 혈액이 활발히 흐르다가 갑자기 늦어질 경우, 예를 들어 심한 운동을 하다가 갑자기 동작을 멈추거나 하면 그 때 폭증한다. 나이가 들면 숨찬 달리기보다 걷기가 좋다고 하는 것도 이 활성산소의 독성을 피하는 것이 좋기 때문이다.

활성산소의 독성만 보면 우리가 어떻게 살아 있는지 의문이 들 정도이지만 다행히 그럴 때마다 우리 몸은 SOD(super oxide dismutase)라고 하는 해독 효소를 만들어 독성을 차단하고 있다. 문제는 나이가 들수록, 질병에 걸릴수록 SOD가 제 효력을 다하지 못한다는 것이다. 또 지속적으로 스트레스에 노출되어 해독능력을 능가하는 활성산소가 만들어지는 경우에도 독성을 피할 수 없는 문제가 있다.

'속이 탄다', '열 받는다'는 말에서도 알 수 있듯이 스트레스는 화火이다. 불이 얼마나 센가? 불을 만지고 손을 데지 않을 사람은 없다. 분노는 스트레스 중에 단연 강자이다. 그러나 한편으로 분노는 정상적인 감정이고 살아가면서 필요한 생존 무기이기도 하다. 성경에는 '분을 내어도 죄를 짓지 말고 해가 지도록 분을 품지 말라'고 하였다. 분노를 조절해야 한다는 것을 가르쳐주는 말씀이다. 이럴 때 성경은 단지 도덕적 덕목만을 말하는 것이 아니다. 분노를 다스려야 하는 이유를 알면 이 가르침이 참으로 과학적이라는 것을 알게 된다. 분노가 불인데 저녁까지 그 불을 품고 있으면 어떻게 되겠는가?

나는 약국에서 질병과 건강에 대한 새로운 사실들을 발견할 때마다 그것들이 성경에 기록된 말씀에 일치한다는 생각을 많이 하곤 했다. 분노에 대해서도 마찬가지였다. 무조건 화를 꾹꾹 눌러 참는 것만이 능사는 아니다. 때로는 화가 난 것을 표현하는 것이 건강하다는 뜻이 '분을 내어도 죄를 짓지 말며'는 말씀에 나타나 있다. 즉, 끓는 물이 넘치듯 폭발하지 말고 절도 있게 표현해야 분노의 독을 피할 수 있다는 것이다.

실제로 끓어 넘치는 급격한 분노는 파괴적이었다. 의학 분업 전에 오랫동안 우리 약국에서 혈당을 체크하며 관리하던 분이 있었는데 식이요법, 약물요법, 영양요법으로 잘 잡혔던 혈당이 어느 날 밤새 이웃과 다투고 경찰서를 다녀온 후부터는 조절력을 잃고, 고공행진을 했다. 아마도 급격한 분노로 인슐린 반응체계가 손상을 입은 것 같았다. 분노뿐 아니라 슬픔과 우울, 눈물도 습관처럼 반복되면 혈전을 만들고 몸 속에 염증을 만든다. 성경 잠언에 이런 말씀이 나온다. '마음의 즐거움은 양약이라도 심령의 근심은 뼈를 마르게 한다.' 웃음과 유쾌한 기분이 건강한 호르몬을 만든다는 것을 암시하고 있다.

양방에서는 열을 다스릴 때 환자가 허약한지 아닌지 따져보지 않는다. 다만 소아의 체중에 따라 약용량을 조절할 뿐이다. 그나마 성인이면 체중은 고려사항이 아니다. 그렇지만 고방에서는 음양허실 구분이 약용량을 정하는 기준이 아니다. 그냥 약 자체가 달라진다. 이런 면에서 양방에서는 같은 질병이라도 치료 방법에 개인차가 있음을 인정하지 않는다고 보아야 한다.

음증과 양증은 구분하기가 쉽지 않지만 실제로 병증을 다룸에 있어서는 아주 중요하다고 봐야 한다. 양방에서는 단지 사람의 체온이 '얼마가 정상'인가를 체크한다. 몸이 찬 사람과 본래 열이 많은 사람을 구분하지 않는 것이다. 그런데 우리 몸은 정상 체온 범주에서도 부분적으로 발만 시리다거나 가슴에 열이 있다거나 혈에 열이 쌓여서 생기는 불편한 증상 내지는 병들이 많이 있다.

(3) 부신호르몬으로 보는 만성피로증후군

긴장을 하거나 분노를 느낄 때 아드레날린과 노르아드레날린이 분비된다. 긴장이든 분노든 스트레스 상황에서 우리 몸을 지키기 위하여 분비되는 중요한 호르몬이 또 하나 있는데 이것이 부신피질의 코티솔이다. 코티솔은 우리가 스테로이드라고 알고 있는 성분으로 피부과, 정형외과, 이비인후과, 면역질환 등에 없어서는 안 되는 중요한 약이지만 본래는 이처럼 체내에서 스트레스나 비상사태에 몸의 안전을 지키기 위하여 만들어지는 호르몬의 일종이다. 코티솔이 도대체 어떤 작용을 하기에 만병통치약처럼 쓰이면서 우리 몸을 지키는 안전장치가 되는 것일까?

이해하기 쉽게 비상상황을 상상해 보자. 숲속에서 벌집을 잘못 건드려 벌떼에 쫓기는 사람이 있다. 그가 벌떼를 발견했을 때 뇌하수체에서는 즉시 부신피질에 코티솔을 분비하라고 신호를 보낸다. 코티솔은 곧바로 이 비상상황을 벗어나기 위해 체내 곳곳에서 작용을 시작한다. 일단 사력을 다해 달아나야 하므로 충분한 에너지가 필요하다.

따라서 혈당을 높이고 심장 박동을 올린다. 혹시 달아나다가 근육이 뭉쳐서 아프거나 다리를 삐끗하더라도 통증을 느끼지 않아야 무사히 상황을 벗어날 수 있을 테니 소염작용, 진통작용을 한다. 근육이 힘을 내려면 칼슘이 필요하므로 뼛속에서 칼슘을 녹여낸다. 근력을 내도록 혈액을 내장기관에서 골격근계로 몰리게 한다. 어디로 달아날지 혹은 숨을지 빠르게 판단하도록 뇌 신경계통을 기민하게 만든다.

참으로 멋진 시스템이다. 생존을 위하여 하나님이 마련해준 비상체계 덕분에 우리는 여러 위험에서도 다치지 않고 지금까지 살아올 수 있었을 것이다. 흥미로운 것은 앞서 설명한 각성 호르몬인 아드레날린과 노르아드레날린이 뇌내 호르몬이지만 코티솔처럼 부신에서 분비된다는 것이다. 부신은 콩팥이라고 알고 있는 신장의 머리 부분으로 엄지손가락만 한 크기다. 그 껍질 부분이 피질이고 속 부분이 수질인데 안과 밖이 모두 신체의 스트레스 상황을 극복하도록 기능하는 호르몬을 분비한다. 그런데 우리가 아는 대로 코티솔 호르몬인 스테로이드 약물은 나열하기도 어려울 만큼 다양하고 심각한 부작용을 일으킨다.

코티솔의 부작용들

√ 일단 스테로이드가 갖는 소염작용은 비상상황을 모면하기 위해 염증과 통증을 억제하는 것일 뿐 염증을 일으키는 세균이 죽지 않고 살아있는 상태이다. 그러므로 계속해서 코티솔 호르몬에 의존하면 면역력이 억제되어 감염증이 생긴다.

√ 내장기관의 혈액을 근골격계 외 뇌 신경계로 보내므로 소화기, 생식기 등 속사정이 기능 저하되고 칼슘이 녹아 나와 뼈가 약해진다.

√ 콜라겐의 합성을 억제하여 얼굴이 푸석푸석해진다. 스테로이드 연고나 크림을 오래 사용한 부작용으로 볼이 빨개지고 실핏줄이 보이는 것이 이 때문이다. 과로나 밤샘 후에 눈 밑에 다크서클이 선명해지는 것도 항 스트레스 호르몬인 코티솔이 분비되는 동안 콜라겐 합성이 되지 않은 까닭이다.

√ 혈당을 올리고 혈압을 상승시키므로 당뇨 고혈압을 일으킬 수 있다.

비상상황이란 언제나 짧아야 한다. 개인도 국가도 비상상황이 자주 있으면 에너지 누수가 많아 정상적인 삶이 어렵다. 우리 신체에 스트레스 상황도 이와 같아서 코티솔과 아드레날린을 계속 분비하면 부신은 금세 피로에 빠진다. 비상상황용 호르몬이 상시 분비될 수는 없는 것이다. 밤을 새우거나 격무에 시달린 뒤라면 마땅히 쉼이 필요한데 쉬지 못하고 수개월, 수년이 흐르면 어떻게 될까? 피로에 빠진 부신은 이젠 자극을 주어도 더 이상 호르몬을 분비하지 못할 만큼 기능이 저하되어 만성적인 부신호르몬 부족 증상을 겪게 된다.

과잉의 코티솔이 주는 부작용 못지않게 부족한 코티솔로 인한 고통도 크다. 부족한 코티솔의 표적 증상이 만성피로이다. 요즘은 특히 만성피로를 호소하는 사람들이 많다. 중장년 남녀는 물론이고 학생들도 아침에 일어나기가 힘든 만성피로증후군 즉, 부신 증후군을 앓고 있다. 아침에 눈이 떠지고 상쾌함을 느낀다면 아드레날린의 축복이라고 할 수 있다. 공부나 일에 몰두할 수 있다면 코티솔의 활약이 시작된 덕분인데 부신 기능이 떨어지면 이 당연한 일과가 아득한 이야기가 되어 버린다.

부신 기능이 저하되면, 아침부터 몸이 무겁고 커피를 마시지 않으면 일을 시작하기조차 힘들다. 겨우 어떻게 버티다가 점심시간 잠시 쉬고 나면 다시 커피를 마셔야 오후 일을 볼 수 있다. 퇴근할 무렵 저녁 6시. 신기하게도 이 시간부터는 좀 기운이 난다. 그러다가 다음 날이면 같은 사이클을 반복한다.

2. 체질과 음양허실

조선 말기 이제마 선생은 같은 병에 같은 약을 썼는데 어떤 사람은 잘 낫지만 어떤 사람은 전혀 듣지 않고 오히려 병이 중해지는 것을 보고 의문을 가져 사상체질이론(사상방)을 완성했다고 한다. 그런데 막상 이 사상체질을 실제 현대인들에게 적용하려고 하면 시대가 달라서인지 잘 맞지 않는 부분들이 있었다.

한방에는 크게 고방과 후세방 그리고 위의 사상방이 있다. 우리나라에서 익숙한 것은 주로 후세방과 사상방이지만 나는 가장 오래된 고방에 크게 매료되었다. 고방은 중국 한나라 후반(약 2000년 전) 장중경 선생의 상한론과 금궤요략을 가리킨다. 후세방과 비교할 때 약의 가짓수가 비교적 적어서 약성이 분명하여 증만 맞으면 치료 효과가 확실한 장점이 있다. 후세방은 우리나라에서 주류를 이뤄온 한방으로써 약성이 강하지 않고 사용하는 약재 수가 많으며 병자의 회복 시 몸의 기력을 보충해주는 것까지 설계된 장점이 있으나 약의 가짓수가 많아서인지 효과가 모호하다거나 보약 개념이 너무 강조되었다는 것이 단점으로 꼽힌다. 나는 개인적으로 고방의 이론이 오늘날 과학적 체계에 더 부합한다고 생각한다. 그래서 그 고방의 중심축이 되는 음양허실로 병증을 파악하였고 실제로 좋은 결과들을 많이 얻게 되었다. 지금부터 고방의 음양허실이 무엇인지 살펴보기로 하자.

(1) 음양이란?

살아있는 사람에게는 온기 즉, 열이 있다. 열이 없다면 사체가 되니 열은 생과 사를 구별 짓는 중요한 표징이 된다. 형체는 없지만, 생명을 특징짓는 이 열을 양이라고 한다. 음이란 형체가 있는 몸을 가리키며 혈(피)을 기준으로 한다. 요컨대 음양이란 혈과 열을 말하는 것이다. 만약 '음이 허하다'라고 하면 혈이 부족하다는 뜻이 되고 '양기가 부족하다'라고 하면 열이 부족하다는 뜻으로 풀이된다. 그런데 '음양허실'에서의 음양은 글자는 같아도 앞에서 말한 혈과 열의 뜻과는 다르게 쓰인 것이다.

음양허실이란 음증, 양증, 허증, 실증을 줄여서 쓴 것으로서 그 중에서도 음증과 양증은 열의 많고 적음으로 구분한 것으로 혈은 따지지 않는다. 이에 비하여 실증과 허증은 혈과 관계가 있다. 실증이란 혈이 풍성하다고 판단되는 증이며 요즘 우리 관점에서 볼 때 영양 상태가 좋다거나 살이 통통한 것으로 표현할 수도 있다. 이외에 실증은 몸속에 독소를 비롯하여 묵은 변이라든지 어떤 빼낼 것이 있다는 의미도 된다. 허증은 이와 반대로 허약하거나 영양 상태가 좋지 않거나 마른 사람 등으로 표현할 수 있다.

양방에서는 열을 다스릴 때 환자가 허약한지 아닌지 따져보지 않는다. 다만 소아의 체중에 따라 약용량을 조절할 뿐 그나마 성인이면 체중은 고려사항이 아니다. 고방에서는 음양허실 구분이 약용량을 정하는 기준이 아니다. 그냥 약 자체가 달라진다. 이런 면에서 양방에서는 같은 질병이라도 치료 방법에 개인차가 있음을 인정하지 않는다고 보아야 한다.

음증과 양증을 구분하기가 까다로우나 실제 병증을 다룸에 있어서는 아주 중요하다. 양방에서는 단지 사람의 체온이 '얼마가 정상'이라는 식으로 몸이 찬 사람과 본래 열이 많은 사람을 구분하지 않지만, 우리 몸은 정상 체온 범주에서도 부분적으로 발만 시리다거나 가슴에 열이 있다거나 혈에 열이 쌓여서 생기는 불편한 증상 내지는 병들이 많이 있다.

❀ 음양허실 정리

음양은 각각 혈과 열을 의미한다. 음양허실은 음증, 양증, 허증, 실증의 줄임말로 음증이란 열이 부족한 증으로 혈과는 무관하다. 양증이란 열이 과한 증, 허증이란 영양 상태가 좋지 않은 상태 즉, 혈이 부족한 것이다. 실증이란 영양 상태가 좋다는 뜻 즉, 혈이 풍성하거나 빼내야 하는 독소가 있는 상태를 말한다.

(2) 천식이나 협심증은 현대적 화(火)병이다

그렇다면 우리 몸의 특정 부분에 열이 원인이 되어서 생기는 병은 어떤 것일까? 대표적으로 꼽자면 천식, 통풍, 아토피, 두드러기, 류마티스 관절염 같은 것이 있다. 여기에 앞서 말한 협심증도 추가된다. 고방에 따르면 이 병들의 원인은 확연히 과잉의 열에 있다. 치료법은 당연히 과잉의 열을 다스리는 것이다. 양방으로는 시원하게 완치시킬 수단이 없는 이 만성 질환들을 고방에서는 분명한 길을 가르쳐 준다. 참고로 화병이라는 판단이 서면 고방 치료의 출발이 되는 음양허실에서 음양은 더 이상 고민할 필요가 없다. 당연히 양증이기 때문이다.

음양허실은 체질이 아니라 병증이다. 열이든 혈이든 적당해야 할 범위를 넘어서면 병증이 된다. 즉 열과 혈이 모자라거나 과한 상태면 병이 생겼다는 것이다. 병의 원인은 모두 열과 혈이 균형을 잃고 치우친 것이므로 그 잃어버린 균형을 잡아주는 것이 치료 과정이다. 그러니 어느 것이 얼마만큼 조정이 필요한지가 치료의 출발점이 된다고 볼 수 있다.

따라서 고방으로 환자를 치료할 때는 우선 음양허실을 판단한다. 예를 들어 음증이면 열이 지나치게 모자란 것이므로 열을 올려줄 처방을 하고 양증이면 열이 과잉이므로 식혀줄 처방을 하는 식으로 열을 조정하는 데 초점을 맞춘다. 허실도 마찬가지인데 어떤 사람이 양증이면서 영양 상태가 좋은 실증, 혹은 식독이나 혈독처럼 빼낼 것이 있는 실증이라면 열을 식히는 찬 성질의 약에 독소를 빼낼 처방을 구성하는 식이다. 특이한 것은 양허증의 치료이다. 양허증은 열이 있지만, 본인은 춥다고 한다. 몸살감기도 아닌데 얼굴이 벌겋게 열이 나면서 추워한다면 그것은 열을 받쳐줄 뒷심이 부족한 허증이 되는 것이다. 물론 세세한 증상에 따라 다르지만 시원한 약으로 열을 꺼주면서도 영양을 보충하여 부족한 혈을 끌어올려 주는 방법을 쓰는 것이 보통이다.

(3) 음양허실을 어떻게 판단할까

대략 열이 많으면 양증, 적으면 음증이라 했으나 실제로 사람을 놓고 판단하기는 쉽지 않다. 고방에서는 음양허실의 판단이 있기 전에 약을 쓸 수가 없기 때문에 이 구분법이 치료의 전부라고 해도 과언이 아니다. 그렇다면 어떤 사람이 열이 많은 걸까?

앞에서 말한 대로 열증의 대표 격인 천식, 아토피, 두드러기, 통풍, 류머티스성 관절염 같은 질환자는 모두 양증에 속한다. 설령 평소에 추위를 잘 탄다고 하더라도 일단 이 병증이면 양증으로 간주해야 한다. 그 외에는 대략 우리가 상식적으로 말해서 “나는 열이 많아. 추위는 잘 안 타지”라는 식으로 양증을 판단할 수도 있다. 그 외에도 몇 가지를 적어 보자면 대략 다음과 같다.

① 냉수를 좋아한다

② 구취가 있다

③ 방귀, 대소변, 땀에 냄새가 심하다

④ 땀을 많이 흘린다

⑤ 운동을 좋아한다

그런데 추위를 잘 타면서도 실제는 양증인 사람이 있다. 흉중을 비롯해 주로 상체에는 충분한 열이 있지만 어떤 원인에 의해 혈액순환이 잘 안 되는 사람들이다. 전체적으로는 열이 과잉이지만 사지 말단부위나 피부 표층이 차가워지면서 추위를 느끼는 것이므로 자칫 음증으로 착각하기 쉬워 주의가 필요하다.

실증과 허증도 마찬가지이다. 상식적인 선에서 체중이 과하면 실증, 체중이 미달이면 허증으로 볼 수 있지만, 치료과정에서 처음의 판단을 뒤집을 때가 있었다. 겉으로는 체중이 과해 보이더라도 최근에 살을 빼서 과거보다 많이 여윈 상태라면 허증일 가능성이 높고, 또 육체노동이든 정신노동이든 과로한 상태일 때는 일시적이지만 허증으로 빠질 수 있었다. 반대로 겉으로 허증처럼 보여도 숙변을 비롯해 몸속에 빼내어야만 하는 것이 있으면 실증약을 써야 한다.

모양은 달라도 결국은 화(火)병

같은 스트레스라도 사람마다 받아들이는 강약이 다른 것처럼 신체에 나타나는 반응도 제각각이다. 앞서 말한 음양허실에 따라서만 간략히 구분해 보아도 혈압이나 당뇨와 같은 만성질환에 대해 다소 새로운 접근과 치료 방향이 가능된다.

양실증의 화병 - 울혈성 심부전, 고혈압, 당뇨, 통풍, 천식, 아토피

양증이면서 실증인 사람이란 몸에 열이 있으면서 영양 상태가 좋은 사람. 그러니까 주로 과체중인 사람을 말한다. 이 부류에서 스트레스가 누적되면 흉부에 열이 쌓인 결과 울혈성 심부전의 경향을 보인다. 울혈성 심부전은 만성적인 고혈압이나 부정맥 기타 여러 심장 기능 이상으로 전신에 혈액을 제대로 공급할 수 없는 상황이 된 것을 말한다. 고방 이론으로 해석하면 흉중의 열(스트레스)이 과다하여 그 열을 식히기 위한 수분이 모이면 끈끈한 물질인 '담음'이라는 것이 만들어져 전신순환을 방해하게 된 것이다. 담음? 그런 게 있어? 라고 생각되겠지만 스트레스로 혈압이 높아졌는데 도리어 전신 혈액순환이 잘 안 되는 이유를 설명하는 데는 더 설득력이 있어 보이고 실제로 양실증의 화병으로 생긴 혈압에 이 이론을 근거로 삼으면 치료에 큰 진전을 보이는 것이 관찰되었다.

당뇨병은 기본적으로 열증이다. 당뇨병의 증상이 목이 말라 물을 많이 마시고 소변량과 횟수가 많아지는 것인데 고방에서는 구갈, 다음, 다뇨라 하여 열증에 속하기 때문이다. 앞의 심장병처럼 양실증의 사람이 계속해서 스트레스에 노출되고 분노와 조급함, 부정적인 감정에 눌리면 노르아드레날린, 아드레날린의 효과로 열이 오르고 혈당이 오르는데 신체 조건상 혈당을 조절하는 시스템이 다른 사람보다 약하면 그 기능 이상으로 혈당 조절기능을 잃고 당뇨병이 되는 것이다. 물론 허증이 아닌 실증이므로 과식과 영양 불균형이 뒷받침되어야 한다. 당뇨가 있는 사람들은 거의 양실증이지만 병이 진행되어 급속도로 체중이 빠지고 야위어지면 허증으로 빠지는 것 같았다.

현재 고혈압이나 당뇨의 치료체계는 우리가 아는 대로 혈압강하제, 혈당강하제를 처방하는 것이다. 이것은 실제로 아주 중요하다. 혈압이 평균적으로 150이 넘는데 그대로 방치하면 여러 합병증이 올 수 있고 당뇨병에서는 공복시 혈당이 150만 넘어도 그 상태가 수년 지속되면 합병증이 올 수 있기 때문이다. 그렇지만 여기서 살핀 대로 이 질환들의 주된 원인이 지속적인 스트레스로 인한 흉부 열증이므로 그 원인에 대한 치료가 필요하다. 혈압약이나 당뇨약이 원인 치료제가 아님은 모두가 잘 알고 있을 것이다.

고혈압은 이 이론으로 볼 때 흉중의 열과 그로 인한 담음으로 순환이 되지 않아 혈압이 높아진 것인데 무조건 혈압만 낮추면 혈액순환은 더욱 어려워진다. 피가 잘 돌지 않아서 그것을 극복하기 위한 체내 반응에 따라 혈압이 높아졌다면 이론상 혈압을 낮출 것이 아니라 피를 돌지 못하게 하는 원인을 제거해야 할 것이다. 그래서인지 고혈압약을 한번 먹으면 평생 먹어야 한다는 속설이 말하는 것처럼 약을 먹다가 중지하면 금세 혈압이 다시 올라가게 된다. 다시 말해 고혈압약은 혈압을 일시적으로 낮춰 합병증을 예방하는 목적이 있을 뿐 고혈압을 치료하는 약은 아닌 것이다.

당뇨병도 이와 같은 맥락이다. 혈당을 올리는 것은 흉중의 스트레스로 아드레날린과 노르아드레날린 그리고 항 스트레스 호르몬인 부신피질 호르몬 작용인데 과열된 이 호르몬들의 원인인 화火는 무시하고 인슐린을 투여하거나 혈당강하제에만 의지하는 것은 구멍 난 배에 차오르는 물을 그릇으로 퍼내는 것에 비유할 수 있겠다.

통풍은 관절염의 일종으로 요산이라는 결정이 발가락, 복숭아뼈 등 관절의 부위에 침착되어 부어오르며 극심한 통증을 주는 질환이다. 주로 여자보다는 남자에게 많은 것이 성호르몬과도 관련이 있다는 추정이지만 역시 뚜렷한 원인은 밝혀지지 않았다. 치료로는 요산생성억제 약물과 소염진통제를 처방한다. 그런데 이것도 음양 허실 이론에서 열증에 속함이 확실하다. 과잉의 스트레스로 인한 열이, 과음과 과식으로 축적된 지방과 만나서 요산 결정을 이루는 것이다.

우리 약국에서 만난 경험으로는 고혈압, 당뇨보다 통풍이 치료반응이 빠른 양실증 질환이었다. 그것은 흉중의 열로 인한 담음보다 차라리 관절의 요산 결정이 더 잘 제거되는 특성을 가졌기 때문이 아닐까 생각한다. 스트레스로 인해 생긴 흉중의 열이 앞서 설명한 대로 담음을 형성하는 경우 외에 피부나 기관지로 발산되는 사례들이 아토피와 천식이었다. 이것은 체내에 발생된, 처리되어야 마땅한 독소들이 흉중에 몰리든지, 피부로 발산되든지 신체 반응의 다양성 때문일 것이다.

고혈압이나 당뇨병이라는 병명은 서양의학에서 온 것이므로 고방을 비롯한 한방에서 직접 치료법을 언급하고 있지는 않다. 다만 이제껏 살핀 것과 같이 질병을 음양허실의 관점에서 파악하여 기존의 혈당 관리 혈압관리와 병행한다면 오히려 진짜 치료의 길이 열릴 수 있다고 본다. 혈압관리 당뇨 관리의 차원을 넘어서 평생 약을 먹어야 한다는 운명을 바꿀 길이 그 속에 있기 때문이다. 이 외에 양실증의 화병에 어떤 것들이 있는지 양실증 환자의 스트레스 반응에 대해서는 구체적인 임상 예에서 더 자세히 다뤄 보고자 한다.

양허증의 화병 - 허혈성 심부전, 고혈압, 천식, 아토피, 과동증

양허증이란 몸에 과잉의 열이 있지만 영양 상태가 좋지 않아 그 열을 뒷받침할 체력이 부족한 것이다. 더위를 타면서도 추위를 못 견디는 사람이 많다. 올랐던 열이 쉽게 꺼져버리므로 식은 땀처럼 땀이 나면 금세 추워지기도 한다. 편식하고 말 안 듣는 개구쟁이를 떠올리면 양허증을 쉽게 이해할 수 있다. 아이들이 말을 잘 듣지 않고 잠시도 가만있지 못하는 것이 소양병 허증의 전형이다. 단지 아이가 못된 성격이어서가 아니라 흉중에 지나친 열이 쌓여 절로 짜증이 많아진 일종의 질병인 것이다. 물론 영양 요법적으로 보면 비타민B 결핍, 마그네슘과 칼슘의 부족, 감마리놀렌산 같은 오메가 지방산요구량이 큰 신체 유형일 가능성도 있다.

양허증은 아이들만 있는 것은 아니라 어른들에게도 비교적 흔하다. 신경이 예민하고 동작이나 말이 빠르며 몸은 여윈 편이 가장 표준적인 양허증 외양이다. 체격이 튼실하지 않지만, 양증이므로 몸이 차지는 않다. 이런 사람들이 과잉의 스트레스에 노출되면 담음이 생기기보다 몸이 타는 듯한 증상이 생긴다. 진액이 부족하므로 스트레스가 심한 상황이면 열 때문에 곧 몸이 바싹 건조되는 것이다. 그래서 심장병도 울혈성이 아닌 허혈성 심부전이 된다. 허혈성 심부전은 심장근육에 혈액공급이 안 되는 허혈 상태에서 심근 괴사가 일어나는 질환으로 협심증이나 심근경색이 있지만 그렇다고 협심증이나 심근경색이 있는 사람이 양허증이라는 것은 아니다. 이 질환명 자체가 지금의 의학적 명칭이기 때문에 단정적으로 구분해서 말하기는 곤란하다.

어쨌든 양허증이 흉부에 열을 받으면 건조해지기 때문에 기관지천식이 올 수 있고 심장이상이면 혈압이 오르고 박동수도 빨라진다. 양실증에서처럼 과잉의 열이 피부로 발산되면 피부가 극히 건조하며 심하면 염증을 동반하는 아토피피부염이 되는데 양실증에서의 아토피피부염과 치료법이 완전히 다르므로 구분이 필요하다.

양허증에서는 불면증의 빈도도 더 높다. 긴 긴 밤, 잠 못 드는 불면증도 알고 보면 열작용이다. 양허증은 양실증보다 열에 더 취약하다. 영양 상태가 부족하여 혈이 적기 때문에 조금만 열이 올라도 견디기 어려운 까닭이다. 그 대신 열을 식히는 약에도 양실증보다는 반응이 빠른 것 같았다.

기관지천식이나 아토피나 고혈압을 음양허실에 따라 특히, 이들은 기본적으로 양증이므로 양실증인지 양허증인지 파악하여 그 과잉의 열을 식혀주는 처방을 중심으로 치료계획을 세우면 놀라운 효과를 경험해 볼 수 있다.

음증의 화병 - 습관성 두통, 역류성 식도염을 동반한 두통, 불면증

스트레스가 열이고 화(火)인데 열이 없는 음증에서 화병이 있을까 하는 생각이 들지만 음증도 열 받는 세대가 요즘이다. 음증 중에서 반표반리 즉, 흉중에는 열이 있고 사지 말단부위가 얼음처럼 찬 사람들인 궐음증은 그 자체가 화병이라고 할 수 있다. 궐음증에 대해서는 이름조차 낯설다고 말하는 이가 많다. 그러나 요즘처럼 경쟁이 만연한 대도시의 삭막한 환경에서 쫓기듯, 살아남기 위해 몸부림친 음증인들에게는 궐음증이 피할 수 없는 결과였다고 보아야 한다.

몸이 찬 음증이고 체력이 약한 허증이면서 자기 체력을 넘어서서 이를 악물고 사는 부류가 있다. 험한 세상과 전쟁을 벌이듯 자기를 채찍질하며 살다 보니 몸은 음증이라서 체력이 부족한데 아드레날린 계열 호르몬 작용으로 흉중에 불이 붙어서 꺼지질 않는다. 이 불을 끄기 위해 몸에 남은 진액이 흉중으로 몰려 담음을 이루면 우선은 목숨 부지하겠지만 담음에 막혀 전신에 혈액순환이 되지 않고, 그래서 영양이 부족한 사지는 열과 진액이 다 빠져서 얼음처럼 차가워진다.

궐음증이란 사지가 얼음처럼 차갑다는 뜻이다. 그러나 전신이 찬 것이 아니라서 소음증과는 구별된다. 소음증은 심장파워가 약해 전신이 냉하고 기력이 없으며 소화력도 약하고 누워 자고만 싫어 하는 병이다. 이에 비해 궐음증은 신경이 예민해서 잠도 잘 못 자고 음식 생각이 없으며 흉중에 열이 많은데 혈이 부족하므로 늘 입이 마르고 물을 마시고 싶어 하지만 한꺼번에 넉넉히 마시지도 못하고 목만 축이는 사람들이다.

한마디로 전신에서 특정 부위인 흉중에만 화병으로 인한 열이 그득한 사람들이다. 이들에게 가장 흔한 증상은 두통이다. 습관적으로 자주 오는 통증으로서 열이 없고 진통제로 잘 듣지 않는 심한 두통이 있으면 궐음병을 의심해볼 수 있다. 궐음증에서 약간 통통한 사람 즉 실증인 사람이 주로 심한 두통을 호소하는데 이들에게는 역류성 식도염 증상이 있는 경우가 많았다. 보통 음증이라면 실증보다는 허증이 많지만 겉으로 통통해 보이는 이 사람들은 몸에 수분이 많은 편인지 수독이 역상하는 증상으로 역류성 식도염과 함께 열이 없는 극심한 두통을 호소했고 어지간한 진통제로 가라앉지 않는 특성이 있었다.

그 외 궐음증의 일반적인 경우는 허증으로서 앞서 말한 대로 사지에 진액이 마르고 흉중에는 열과 습이 만난 담음이 자리 잡고 있어서 협심증도 아닌데 숨쉬기가 어렵다고 말하기도 한다. 열로 인한 불면증과 소갈증이 있고 입맛이 없어서 음식 생각이 없으며 심하면 식사를 하면서 입으로 음식이 다시 나올 것 같은 느낌을 호소하기도 한다. 궐음증으로 고생하는 사람들이 병원에서 받는

뚜렷한 진단명은 없다. 부분적 증상에 따라 불면증, 신경성 혹은 습관성 두통, 피부 가려움증, 위염, 혹은 생리불순(과다출혈 혹은 무월경) 등 지엽적인 치료를 받을 수 있을 뿐 정작 이유를 알 수 없는 피로감, 무기력증으로 힘든 하루하루를 산다.

궐음증은 한방에서도 후세방이 아닌, 고방에서 언급하는 병명이어서 한의원에서 치료를 받기도 애매한 사각지대에 놓여 있다. 고방에서는 궐음증에 오수유라고 하는 개성이 강한 약재를 처방한다. 일반적으로 몸이 찬 사람은 따뜻하게 하고 진액을 생성해주는 보약을 쓰는데 비해 궐음증은 흉중 열 때문에 이런 약재를 쓸 수 없고 그렇다고 열을 식히는 시호제를 쓰자니 전신이 차고 진액이 마른 상태라 더욱 맞지 않다. 오수유는 흉중의 열을 아래로 끌고 내려가는 특이한 성질이 있어서 궐음증에 딱 맞는 약재라고 볼 수 있다.

오수유가 들어간 처방에는 온경탕, 오수유탕이 있고 그 외 오수유가 들어가진 않았지만 궐음증에 의한 만성적인 설사에 쓰는 예외의 처방으로 황금황련인삼건강탕이 있다.

물을 마셔야 좋은 사람
마시면 독이 되는 사람

사람의 몸은 70%가 물이라고 한다. 몸에 수분이 부족하면 갈증을 느껴 늘 새로운 물을 보충 받고 체내를 돌고 돌던 물은 대소변과 땀으로 각종 배설물과 함께 체외로 배출된다. 물은 체세포의 구성성분이면서 각종 대사 반응에 관여한다. 그 대사 반응 중 어느 한 부분의 대사과정이라도 원활하지 못하면 미처 처리되지 못한 수분이 몸 곳곳에 쌓여 여러 가지 질병의 원인이 되는데 이것을 수독이라고 한다.

현대의학에서는 몸 속의 수분을 측정하는 도구가 없다. 매일 소변으로 배설되고 자연적으로 피부를 통해 증발되는 물의 양이 1.5L 내지 2L이므로 그 정도의 물을 보충해 주라는 뜻에서 하루 권장량 수분을 정하고 있을 뿐이다. 이 권장량에 따라 늘 물병을 가지고 다니며 물을 마시는 분들을 보았다. 물론 수분부족은 여러 질병의 원인이 되기도 한다. 대표적인 예를 들자면 빈혈, 체중증가, 변비, 만성적인 피로감, 소화불량 등이다. 물 부족이 비만을 부추길 수도 있는 것은 우리 몸이 특이하게도 배고픔과 목마름을 혼동하기 쉬워서 물을 마셔야 하는데도 다른 것을 먹으려기 때문이라고 한다.

그러나 사람마다 체질, 체상이 다른데도 일괄적으로 수분 섭취량을 얼마로 정하는 것은 무리가 있나. 특히 앞서 말한 수독이 있는 사람은 억지로 마시는 물이 오히려 독이 될 수도 있기 때문이다. 수독은 다시 세분하면 습(濕), 수(水), 담음(痰飮)으로 나뉜다. 그 중에서 담음은 수독이 열을 만나 끈끈해진 것으로 우리 몸 곳곳에 자리하여 해악을 끼칠 수 있는 독이다.

위장에 담음이 있는 사람은 위(胃)와 같은 위치의 등이 손바닥만큼 차갑다. 위장의 담음은 옆구리가 가득 찬 것처럼 갑갑하고 어지러운 증상으로 나타나기도 하며 먹은 음식의 소화흡수를 방해하여 몸을 약하게 할 뿐 아니라 때때로 히스테리 현상을 일으키기도 한다. 팔다리가 아픈 관절염으로서 맥이 침(沈)한 사람은 담음이 있다고 한다. 가슴에 담음이 있는 천식 환자는 숨이 차고 기침을 하면서 토하고 등과 허리가 결리고 아프며 눈물까지 나는데 우리가 흔히 아는 발작적인 마른기침 증상과 같다.

의학적으로 담음을 무엇이라고 하면 좋을까 생각해 보아도 단답형으로 결론을 내기가 어렵다. 다만 경락 마사지를 하는 사람들에 의하면 복부를 만졌을 때 명치부터 좌우로 배꼽 위까지 특이하게 딱딱한 덩어리가 자리한 사람들이 있는데 이것이 그 담음이라는 추측이 가능해진다. 이런 담음이 있으면 위 기능이 좋지 않고 당연히 체력도 저하된다. 담음이 아닌 단순 수독이 위장에 있는 것이, 우리가 잘 아는 위산과다이다.

피부 표층에 수독인 습이 있으면 몸이 젖은 옷을 입은 듯이 무겁고 땀이 많으며 추위를 잘 탈 수 있다. 이들 중에 열도 같이 많은 사람은 피부가 언제나 축축하여 피부백선, 완선, 무좀 등 진균 감염증에 시달리게 된다. 또 고방을 비롯한 한방에서는 지방과 수분을 구분하지 않고 있어서 요즘 사람들이 걱정하는 고콜레스테롤 같은 기름도 담음 내지는 수독에 포함된다.

이처럼 물은 모두에게 필요하지만, 때에 따라서 수분 섭취가 독이 될 수도 있으므로 단순히 하루에 2L의 물이 몸에 좋다고 무턱대고 마셔서는 안 되는 것이다. 따라서 하루에 얼마의 수분 섭취량이 필요하다고 규정된 수치에 얽매이기 보다는 스스로 조절하여 마시는 것이 좋을 수 있다.

갱년기 증상과 감마리놀렌산

우리 주변에서 흔히 들을 수 있는 말.

"나 갱년긴가 봐!"

갑자기 화끈거리고 붉어지는 얼굴을 감싸면서 혼잣말을 한다. 어혈과 갱년기 그리고 감마리놀렌산은 서로 뗄 수 없는 관계에 있다. 갱년기 증상은 모두가 피하고 싶은 중년의 불청객이지만 잘 다스리면 나이가 드는 것을 노화가 아닌 성숙으로 받아들이게 하는 좋은 면도 있다.

이 시기에는 사춘기처럼 감정의 기복이 커서 삶의 의미를 발견하지 못하면 우울증에 빠지기도 쉽지만 거칠게 살아오던 삶의 패턴을 부드럽게 바꾸고 조급함보다는 여유와 돌봄으로 주변을 가꾸어, 기품 있는 노년을 준비하는 사람들도 있다.

좋은 열매를 맺기 위해서는 나뭇잎을 떨구어야 한다. 인생의 성숙을 위해서는 몸과 마음의 노폐물 처리가 중요한 것이다. 건강한 갱년기는 노폐물을 얼마나 잘 처리하느냐에 따른다. 특히 노화와 질병의 중요한 원인인 어혈에 주목해야 한다.

앞서 감마리놀렌산을 아토피, 천식에 유용하다고 소개했는데 여기서 여성들의 갱년기 질환, 특히 생리가 불규칙해지고 끊어지면서 축적되기 쉬운 어혈을 처리하는데 또한 필수적인 성분이다. 시중에 갱년기 증상을 목표로 나와 있는 건강기능식품에 감마리놀렌산이 함유된 것을 보더라도 그 효과를 짐작할 수 있다.

물론 여러 성분이 합방된 건기식보다 단일 제제를 따로 복용하는 것이 더 유리하다. 궐음증(음증의 화火병을 일컫는 말)으로 온경탕을 투약하는 환자에게 감마리놀렌산을 1일 3~6캡슐 정도 같이 써 보니 어혈증과 위염 치료, 혈액 순환개선에 도움을 주어 치료 기간을 단축할 수 있었다.

3장

생기산 특집

…

체질을 묻지 않고 온종일 같은 약을 주는 수상한 약사

3장 생기산 특집

… 체질을 묻지 않고
온종일 같은 약을 주는 수상한 약사

들어가기 - 체질을 버리고 병증을 택한 이유

사람마다 체질이 다르다. 더위를 많이 타는 체질, 추위를 잘 타는 체질, 간은 좋지만 심장이 약한 체질, 근육은 발달했지만 설사를 자주 하는 체질. 남과 다른 자기만의 독특한 것이 있다면 어떤 것이냐고 묻는다면 다들 할 말들이 많을 것이다.

첫 책 <아파도 괜찮아>에서 이런 체질을 질병의 치료에 응용하면 좋겠다고 언급했는데 지난 2년 생기산을 응용한 처방을 하면서 점점 거의 모든 질환에 같은 약을 쓰고 있는 나를 발견하고 놀라고 있다.

"생기산은 다 같은 약인가요?"

"이 약이 만병통치인가요?"

"우리는 증상이 다 다른데 왜 같은 약을 주시나요?"

이런 질문들을 상담실에서 자주 받고 있다.

체질은 크게 한방에서는 사상체질, 그리고 요즘 팔八 체질 정도로 분류할 수 있다. 나는 다른 사람과 구별되는 독특한 존재라는 자기애가 이런 체질 이론을 발전시키는 데 기여한 바가 클 것이라고 짐작되지만 나도 체질을 무시하고 싶지는 않았다. 그러나 체질이라는 것을 응용하려니 실제 임상에서 얻어지는 것이 너무 초라한 수준이었고 체질은 연구할수록 앞뒤가 모순되는 것이 많아서 나 같은 사람이 다루기 힘든 고차원적 이론이 필요하다는 결론만 내리게 되었다.

체질보다 나은 방법으로 병증이 있다. 병증은 말 그대로 그 병을 극복하면 사라지는 임시적 증이다. 따라서 체질처럼 한 번 정해지면 변경이 어려운 고정성이 없다. 모두가 익숙한 체질 이론을 버리고 병증이라는 이론을 내세워 힘든 길을 가는지, 체질 구분의 문제점과 그리고 병증이란 어떤 것인지 구체적으로 설명해 보려고 한다.

❖ 체질 구분은 어렵다

· 같은 사람을 다른 체질로 진단(정확성의 문제)

오래 전 몸이 아파 한의원을 전전하던 나를 두고 어떤 의사는 태음인, 또 어떤 의사는 소양인이라 하더니 소음인이라 하고 부자(가장 뜨거운 약재)를 써야 한다는 진단을 내린 의사도 있었다.

그들 중 누가 나를 치료했더라면 좋았겠지만 어찌 된 영문인지 어떤 의사에게서도 효험을 얻지 못하고 나는 여전히 알 수 없는 병으로 고통당하고 있었다. 사상체질뿐 아니라 팔 체질에서도 비슷한 경험들은 많이 있는 것 같다. 같은 시기, 같은 사람을 전혀 다른 체질로 구분하는 오류는 체질 연구에 아직도 많은 발전이 필요하다는 것을 말해 주는 것이다.

❖ 체질에 맞는 음식만 가려 먹으면 좋을까?

흔히 사람마다 그 사람 체질에 맞는 음식과 맞지 않는 음식을 구분한다. 체질이 정해지고 나면 그 체질에 맞는 음식만 접하다 보니 맞지 않는 음식들은 끊어야 한다.

그러나 건강한 사람일수록 아무 것이나 먹어도 무탈하고 아픈 사람은 그나마 먹던 음식도 점점 더 먹을 수 없게 된다는 것을 생각해 보면 처음부터 어떤 음식을 먹을 수 없다거나 해로우니 먹지 못하게 하는 것이 과연 맞는 것인지 의문스럽다.

비타민B와 C가 맞지 않는 체질이라고 가능한 한 먹지 않는 것이 좋겠다고 권유 받은 환자 중에는 고심 끝에 고용량 요법에 도전해서 효과를 보는 사례가 많다. 그 중에 어떤 사람은 체질식으로 쇠고기를 먹으라고 권유 받았는데 쇠고기에 비타민이 많은 것은 모순이지 않느냐고 나에게 질문하기도 했다.

❖ 체질식은 실천 가능성이 낮다

체질식은 질병 치료와 건강 유지 중 어디에 중점을 두고 있는 것일까? 아마도 평소에 건강을 잘 유지하고, 질병 상태라면 더 빠르게 치유하기 위한 두 목적이 다 있을 것이다. 그러면 단기적으로 끝낼 일이 아니라 길게 갈 수 있어야 하는데 체질식은 지속적으로 유지하기 어려운 문제점이 있다.

건강식 중에서 가장 좋은 것은 가장 평범한 밥상이 아닐까? 건강식은 무조건 평생 실천할 수 있는 쉬운 것이어야 한다.

여기에 비해 병증은 그 병증만 극복하면 평소의 건강 상태로 돌아가는 것이다. 기본적인 식이요법과 운동요법, 그러니까 적게 먹고 꾸준히 자기 나름의 운동을 하는 것을 병행하면 최대한 그 건강 상태를 유지할 수 있는 것이다. 이것은 확실히 체질에 비해 간단하고 명료해서 실천하기 편하고 비용도 적게 드는 장점이 있다.

첫 책 <아파도 괜찮아>에서 나는 병증 구분을 음양허실로 다루었는데 생기산을 1년간 집중 체험해 보니 음양허실조차 유명무실해질 정도로 사람들의 병증은 하나로 압축되었다. 열이 많고 적음으로 나누었던 음양. 그런데 요즘 사람들에게 음증이 사라졌더라는 결론을 내리기까지 나는 혼란에 혼란을 거듭했다. 전신이 춥고 얼음처럼 몸이 차다는 사람까지도 시원한 약재인 생기산을 쓰고 몸이 따뜻해진 것을 음양으로는 설명할 수가 없다. 깡마르고 음식도 잘 먹지 못하는 사람에게 노폐물을 제거하는 생기산을 써서 도리어 혈색이 살아나는 것을 설명하는 것도 마찬가지로 어려운 일이었다.

생기산은 이론보다 임상 실전에서 탄생한 약이다. 생기산을 원하는 방문객 중에서 상당수는 먼저 치료 효과를 경험한 가족이나 지인의 소개를 통해서 오신 분들이다. 이것은 어떤 무엇보다 경험이 주는 감동과 신뢰가 크다는 것을 말해준다.

다음은 여러분들이 가장 궁금해하는 구체적인 사례들을 소개하고 원리를 추적해 보는 방법으로 이야기를 풀어가고자 한다.

1. 혈관 청소와 혈액순환

혈관을 청소하는 약은 아직 세상에 나오지 않았다. 한 의사가 유튜브에서 '혈관 청소라니 말도 안 되는 소리'라는 말을 했을 때, 의약계에 종사하는 대다수의 사람처럼 나도 100% 공감하였다. 그러나 우리의 혈관 상태가 심각하다는 것은 아무도 부인할 수 없다.

심혈관질환이라는 말은 이미 수십 년 전에 나왔지만, 고혈압, 협심증, 심근경색을 비롯한 뇌경색, 뇌출혈, 동맥류, 정맥질환 등 혈관 관련 질환이 눈덩이처럼 커진 지금 근본적으로 혈관을 치료하는 약은 아직 만들지 못하고 있다.

피를 맑게 할 수 있다면…
막힌 혈관을 뚫을 수 있다면…
석회화된 혈관에 탄력을 회복시킬 수 있다면…

혈관과 혈액을 치료하면 오랜 질병에서 해방되리라는 사람들의 염원을 의약계가 외면하는 사이 오히려 식품 중에서 일본 콩 발효식품인 낫또, 노니, 사탕수수 추출물인 폴리코사놀 같은 것들이 혈관 청소라는 딱지를 붙이고 사람들의 마음을 설레게 하고 있다. 기막힌 마케팅 전략일 뿐이라고 일축해 버리는 혈관 청소지만 만약 그런 약이 있기만 하다면 뇌혈관질환, 심장병, 전신 혈관질환이 모두 한 번에 치료 가능해질 뿐 아니라 만성 신장염, 신부전도 치료되는 길이 열릴 수 있다. 신장도 알고 보면 혈관으로 이루어진 거름망이기 때문이다.

(1) 협심증과 심근경색

생기산이 혈관에 효과 있다는 것을 보여준 첫 사례는 협심증 환자였다. 지금의 생기산과는 약간 차이가 있지만 홧병 약으로 그리고 해독제로 만든 약을 먹어보겠다고 자원한 그 환자가 아니었다면 현재의 생기산이 나올 수 있었을까 고개가 저어진다. 몇 번이나 스텐트 시술을 받고도 다시 대학병원 재시술을 예약해 놓은 그분 입장에선, 지푸라기라도 잡는 방법이 노폐물을 제거한다는 우리 약국의 좁쌀 모양 약이었다. 그러나 막상 그분이 하루 만에 숨찬 증상 없이 길을 걸을 수 있게 되었다고 말했을 때 나는 믿을 수 없었고 두려운 나머지 그 사실을 덮어버렸다. 약국에서 약사가 협심증을 치료한다? 그런 것은 상상만으로도 부담스러운 일이었다. 후에 나의 가족 중에 협심증 환자가 생겨 종전의 사례를 떠올린 것이 지금의 생기산이 만들어진 전환점이었다. 얼마나 다행인지. 약은 언제나 나와 가족이 시작점이 되고 있다.

생기산을 써서 혈관이 뚫릴 때 제일 흔히 보이는 부정적 반응이 가슴 답답함, 메슥거림, 울렁증, 속쓰림, 더부룩함이다. 첫 번째 그 환자는 밤새 구토증과 통증으로 구급차를 부를 상황이었다고 한다. 심장혈관과 식도가 가까운 탓이라고 짐작하지만 정확한 원인은 알 수가 없다. 실제로 심장병인 줄 알았는데 알고 보니 역류성 식도염이었다는 사례는 병원에서 흔히 볼 수 있다.

약을 먹고 속 쓰림이나 울렁증이 생겼다면 위장장애라고 보는 것이 일반적이다. 그러나 그 약이 생기산이었다면 전혀 다르게 해석해야 한다. 생기산은 위염과 장염, 소화불량을 치료하는 아주 좋은 약이기 때문에 이 약을 먹고 새삼스럽게 위장관 반응이 생겼다는 것을 부작용이라고 보기는 어려운 것이다.

처음에는 이런 호소를 하는 환자에 대해 그분에게만 맞지 않는 약이었나 생각해 보기도 하였지만, 끝까지 견디고 먹는 소수의 환자 덕분에 뒤늦게 알아챈 호전 반응이었다. 환자 관점에서 그 견딤은 대단한 신뢰이다. 나는 그런 고통을 견디며 생기산을 먹어 준 환자에게 요즘도 자주 감동한다.

생기산을 협심증이나 심근경색 환자에게 투약할 때 보통은 병원에서 처방 받은 약과 병행해서 복용하도록 한다. 같이 복용하다 보면 자연스럽게 병원 처방약이 하나, 둘씩 줄어들어 마침내 약을 모두 중단하게 되는데 대략 기간은 6개월 이상 소요된다. 극심한 스트레스를 계속 받는 사람이거나 당뇨, 비만 같은 또 다른 질환이 있는 경우는 물론 더 시간이 걸린다.

(2) 당뇨와 합병증

"생기산을 먹어도 혈당이 내리지 않아요."

한두 달 생기산을 복용한 사람이 이런 말을 하면 나는 속으로 웃는다. 어떻게 생기산을 먹고 혈당이 떨어질까? 혈당이 내려간 사람이 더 이상한 것이다. 생기산은 화병 약이고 해독제에 가깝다. 급체에 쓰면 신기하게 잘 내려가는 약이지만 소화제도 아닌 특이한 성분이다. 하물며 혈당이 내릴까?

그런데 놀랍게도 생기산으로 혈당이 내려가는 환자가 자꾸 생기고 한 달 혹은 두 달 만에 당뇨약을 끊게 되는 환자들이 많다 보니 나조차도 생기산이 당뇨약처럼 혈당을 내리는 약인 줄 착각하는 순간들이 생겼다.

당뇨로 방문하는 환자가 제일 반갑지만 한편 가장 조심스럽고 힘든 것도 당뇨 환자 케어이다. 혈당이 내려야 당뇨가 좋아진다는 고정관념이 너무 확고하고 당뇨라는 질환 자체가 대사이상이다 보니 좋은 것을 먹어도 기대한 반응보다 엉뚱한 방향으로 굴절되기 십상이다. 내게 오는 당뇨 환자는 초기보다는 10년 이상 된

분들이 많고 자연히 합병증도 동반되어 있으니 더욱 조심스럽다.

혈당을 떨어뜨려야 당뇨에 효과라는 고정관념은 내게도 오랜 믿음이었다.

당뇨 환자는 혈당도 높지만, 전신에 만성적인 염증을 갖고 있다. 당뇨약을 복용하여 수치가 정상인 사람도 정도의 차이는 있으나 혈액이 끈적거려 순환이 잘되지 않고 작은 염증이 덧나거나 없던 염증이 순식간에 퍼지는 위험을 늘 갖고 산다. 사지가 저리든지 아프든지 붓고 소변도 좋지 않다.

생기산이 혈관을 청소하고 혈독을 정화하는 줄을 알았을 때 나는 당뇨합병증으로 얼굴이 푸둥푸둥 부은 환자를 떠올렸다.

'아하, 합병증이 나을지도 모르겠네.'

혈당조절보다 합병증 치유에 목표를 둔 것이다. 그도 그럴 것이 생기산은 소화제, 해독제, 설사나 변비에 쓰던 조제약이었으니 혈당을 내릴 것이란 기대는 애초에 없었던 것이다. 그러나 결과는 반전이었다. 생기산 복용 당뇨 환자의 절반 이상이 혈당이 내려가는 경험을 하는 것 같다. 이것은 적게 잡은 숫자이다. 합병증 치료는 물론 기본이다. 병원 처방약으로 혈당 개선이 잘 안되던 환자군은 오히려 더 높은 비율로 혈당 개선 효과가 있었다.

생기산 복용으로 소변 상태 개선, 수족 저림 개선, 손발 시림 개선, 무기력과 피로감 개선, 극도의 공복감 개선, 혈당이 오르내리는 폭이 안정되는 등의 효과가 있다가 차츰 당화혈색소도 내리는 과정을 거쳐 대략 6개월에서 8개월 만에 당뇨약을 모두 중단하게 되는 것 같다. 혈당에 대한 생각을 내려놓아야 정말 혈당이 잡힌다. 내가 늘 사람들에게 하는 말이지만 이 말조차 오해의 소지가 높아서 조심스럽다. 어떤 사람은 생기산만 먹으면 식이요법, 운동요법 다 중단해도 된다고 생각한다. 식이요법과 운동요법을 하려면 뭐하러 생기산을 먹느냐고 말하는 사람도 있었다. 뭐라고 해야 할지…. 당뇨 환자 뿐만 아니라 누구나 건강을 위해서는 생활의 절제가 필요하다는 상식을 잊어버린 분이 많아서 안타까움을 느낀다.

당뇨 환자가 생기산을 먹기 시작할 때는 당뇨약(인슐린 포함)을 조금씩 줄여가되 공복혈당이 150은 넘지 않도록 주의를 주고 있다(권장 혈당으로는 150 이하를 권함). 여러 경험을 토대로 혈당에 대한 지나친 집착은 버리되 최소한의 절제는 하는 균형 잡힌 습관이 필요하다. 그리고 비타민 고용량 요법을 중요시하고 있다. 생기산을 쓰는 모든 환자에게 공통적으로 특히 당뇨 환자에게는 더욱 중요하게 권하는 것이 비타민 B100과 C 6000~8000밀리정도, 그리고 마그네슘과 토코페롤이다. 혈관이 막힌 협심증 환자나 뇌경색 환자보다 당뇨 환자는 몇 배나 더 불리한 혈액 조건을 가지고 있다. 그러므로 당연히 까다롭고 복잡한 노력이 요구된다. 믿고 열심히 적용하면서 한 달 한 달 견디는 분들에게 생기산 만큼 좋은 치료제는 없는 것 같다. 단지 혈당만 억지로 눌러 놓는 것이 아니라 세포를 살리는 반응이 일어나기 때문이다.

구체적 사례를 보면 초 고혈당(공복 300 이상)에서 생기산을 시작한 후 한 달 만에 정상 혈당이 되는 환자도 있다. 믿겨지지 않아서 일부러 단 음식을 잔뜩 먹고 혈당 체크를 했다며 싱글벙글 웃으며 말하는 분도 있었다. 그러나 이런 분들은 이내 생기산을 임의 중단하고 원상태로 복귀해 버리는 경우가 많다. 오랜 세월 차근차근 진행된 질병이 어찌 한두 달 만에 나을까? 무엇보다 생기산은 혈당을 직접 떨어뜨리는 약이 아니다. 인내심을 가지고 지속적으로 운동요법과 식이요법을 병행하는 분들이 치료의 기쁨을 누릴 수 있다. 생기산을 복용하는 당뇨 환자들은 처음에는 혈당수치에 민감하지만, 혈색이 좋아지고 손톱 색깔이 돌아오는 반응을 경험하면 새로운 기대감에 눈빛이 달라지곤 한다.

남성들의 경우 발기부전과 소변이 개선되면 무척 좋아한다. 발기부전과 소변 이상, 통증, 염증.. 이런 것들은 당뇨가 단지 혈당수치의 문제가 아니라 전신적인 염증과 혈관병이었다는 것을 단적으로 말해주는 사례들이다.

요실금 때문에 눈물을 흘리던 남성 환자분을 잊을 수가 없다. 근육질의 가슴과 넓은 어깨, 검게 탄 건강해 보이는 얼굴에서 굵은 눈물이 흘렀다.

그는 울먹이며 자기도 모르게 새는 소변 때문에 지린내가 난다고 느낄 때 정말 비참한 기분이 든다고 말했다. 당뇨에 인한 합병증은 그 분의 삶에 죽고 싶을 만큼 힘든 좌절을 안겨줬던 것이다. 얼마나 다행인지 2회차, 3회차를 거듭하면서 점점 좋아지는 그분의 혈색과 표정에서 이제는 살 것 같다는 희망을 읽을 수 있었다.

(3) 수족냉증과 상열증 - 체온 불균형

유튜브를 시작하고 얼마 되지 않아 '수족냉증'이라는 제목으로 영상을 만들었다. 그때만 해도 얼마나 많은 사람이 수족냉증으로 고생하는지 나는 상상도 하지 못했다. 이 영상이 깜짝 놀랄 만큼 커다란 반향을 일으킨 덕분에 나는 혈액순환 장애가 가져다주는 또 하나의 심각한 질병을 집중적으로 다룰 기회를 얻게 되었다. 이전까지는 나도 수족냉증이 그토록 많은 사람을 괴롭히는 병인지 전혀 알지 못했다.

혈액 순환설을 처음 주장한 영국의 윌리엄 하비는 평생을 미치광이 의사로 비난을 받았다. 당시 사람에게는 너무나 획기적인 주장이어서 미친 소리가 아닐까 싶었던 그 혈액 순환설이 지금은 누구나 다 일상적인 용어로 쓸 만큼 이해와 관심도가 높아졌다. 하지만 지금도 우리가 불치병으로 알고 있는 것 중에 상당

수가 사실은 혈액순환 장애라는 것을 알아내는 수준에는 미치지 못하고 있다.

단지 혈액순환만 잘 되는 약(생기산)을 썼는데 치료되는 난치병들이 너무나 많다는 것을 무엇으로 설명하면 좋을지…

혈관질환 하면 심혈관질환, 뇌혈관질환이 있고 그 외에 수족저림 정도를 떠올릴 것이다. 사람들은 팔다리가 저리면 혈액 순환제를 사러 약국에 가거나 의사에게 항혈전제(피를 묽게 하는 약)로 아스피린을 처방 받아 먹는다. 당뇨 환자는 몸이 아프거나 따끔거리는 신경염 증상을 보이면 자신의 피가 걸쭉하여 혈액순환 장애가 온 것이라고 걱정을 한다. 혈관이 막힌 것, 이를테면 협심증이나 고혈압, 심근경색, 뇌출혈이나 뇌경색, 동맥경화 같은 이 모든 것이 혈액순환과 관련된 증상임이 분명하지만 사안은 거기에 그치지 않는다.

생기산을 쓰면서 새롭게 배우는 혈액순환의 비밀들. 그 중의 하나가 지금 여기 소개하는 수족냉증과 상열증이다.

손발이 차면 주로 빈혈성 외모를 가진 여자를 떠올리지만 내가 만난 환자들은 남녀노소 불문이었다. 건장해 보이는 남자들도 한여름에 에어컨 바람을 쐬지 못하고 손발이 시려서 고통을 당한다. 한겨울에 외출했을 때만 손발이 차다면 그럴 수 있겠다 싶지만, 여름에 선풍기나 에어컨 바람을 쐬지 못할 정도로 신체의 말단 부위가 찬 것은 상식적으로 이해할 수 없는 특이증상이다.

남들이 모르는 병을 앓는 것. 수족냉증 환자들이 말하는 진짜 고통은 병원에 가도 질병이 아니라는 의사들의 외면이라고 한다. 그런 채로 살아라.

여기서 수족냉증의 원인에 대해서 유형별로 한 번 살펴보자.

(1번) 피가 부족하고 기력이 부족한 사람

한방에서 소음인이라고 알려진 환자가 이 부류이다. 영양이 부족하고 몸이 약하니 생명력인 열도 부족할 수밖에 없다. 심장 파워도 약해서 그나마 있는 적은 피를 전신으로 보내기도 어려워 늘 피로하고 체온이 낮으며 잠만 자고 싶어 한다.

(2번) 체격은 좋으나 심장 파워가 약하여 누워 있기만 하려는 사람

영양은 부족하지 않지만 타고 난 심장 파워가 약해서 음증에 속하는 사람들에게 나타나는 수족냉증을 말한다.

(3번) 심장 파워가 정상이거나 높고 영양 상태도 나쁘지 않지만, 혈류의 흐름에 문제가 있어서 손발이 찬 사람

우리가 쉽게 떠올리는 수족냉증은 1번 타입이지만 현대인의 수족냉증은 놀랍게도 3번이 가장 흔하다. 요즘은 영양 문제보다는 혈류문제가 더 큰 요인이라는 것을 알 수 있는 대목이다. 1번, 2번, 3번의 가장 큰 차이는 체내에 열이 충분한지의 여부이다. 특히 1번은 체내에 열이 부족하여 전신에 열과 영양을 공급해주어야 한다. 그런데 3번은 체내 열이 충분한데 단지 순환장애로 신체 일부가 차가워진 상태이므로 수족냉증에 흔히 쓰는 계피나 생강, 인삼을 쓰면 효과보다 부작용이 우려된다. 열은 열끼리 뭉치는 습성이 있어서 순환장애로 인하여 찬 사람에게 열을 넣어주는 약을 쓰면 신체 냉증 부위가 따뜻해지는 것이 아니라 이미 있는 열에 더 열을 가하는 결과가 되기 때문이다.

나는 수많은 상담을 하면서 수족냉증이 가볍지 않은 질환이라는 것, 그리고 본래 열이 부족한 상태에서 겪는 수족냉증보다 피가 통하지 않아서 생기는 시림 증상이 훨씬 고통스럽고 심각하다는 것을 알게 되었다. 3번 유형의 사람들이 호소하는 수족냉증을 구체적으로 열거하면 다음과 같다.

① 상체는 땀이 나면서 더운데 다리나 무릎, 발목이 얼음처럼 시리다.

② 명치가 차거나 아랫배가 차갑다. 소화가 안 된다.

③ 등이 시리다. 마치 등에 얼음물을 끼얹는 것처럼 고통스럽다.

④ 만져보면 따뜻한데 느낌은 얼음처럼 시리다. 보통 이런 증상일 때 겉은 더워서 땀이 나고 속은 시리다고 말한다.

위의 사람들은 이런 증상에다 더해 탈모, 역류성 식도염, 설사, 불면증, 구내염, 코막힘(비염), 피부 알레르기, 천식, 류마티스 관절염, 갱년기 상열증을 같이 호소하는 경우가 많다. 겉보기에 수족냉증과 무관한 별개의 질환인 것 같지만 모두 열증에 속하는 공통점이 있다. 말하자면 냉증과 열증을 같이 갖고 있다는 것인데 이처럼 한 몸에 열증과 냉증을 동시에 앓는 것은 피가 잘 돌지 않는 것, 즉 혈액순환 장애가 원인이기 때문이다.

생기산은 언제나 강조하듯이 시원한 약재로 구성되어 있다. 그러니 초기에 수족냉증 치료 목적으로 생기산을 쓸 생각을 하지 못한 것은 당연한 일이다. 지금까지 관찰 결과 생기산은 막힌 혈관을 열어주고, 노폐물을 정화시키고, 염증을 치료하는 주작용이 있는데 이 모든 것은 혈액순환이라는 한 단어로 압축할 수 있다.

수족냉증의 유형 중 소음인 타입이라면 생기산을 쓸 이유가 없겠지만 혈액순환 장애로 보인다면 혈관을 열어주는 생기산에 치료의 가능성이 보일 것이다. 시원한 생기산을 복용하고 등에 열이 오르고 손발이 따뜻해지고, 손톱과 발톱에 혈색이 돌아오는 사례들을 접하다 보면 관념상으로 알던 혈액순환의 힘을 눈으로 확인하게 된다.

피가 돌다니 얼마나 놀라운 일인가? 그렇게 시리던 무릎이 신기하게도 따뜻해졌다는 환자를 보면 나도 모르게 감탄이 나온다.

진정한 혈액 순환제는 만성 소화불량과 수족냉증을 당연히 치료해야 한다는 것이 이해되는 순간이다.

(4) 뇌졸중 · 뇌경색과 뇌출혈, 만성두통과 동맥경화

혈관을 깨끗하게 청소하는 효과라면 심장질환 못지않게 떠오르는 질환이 뇌졸중, 이름하여 중풍이다. 사람들이 고혈압을 지나치게 무서워하는 이유도 어느 날 중풍으로 쓰러진 자신의 모습을 상상하기 때문이다. 의식은 멀쩡한데 사지를 제대로 쓸 수 없다면 얼마나 고통스럽겠는가? 약국을 운영하는 약사로서 대학병원에서나 만날 이런 중증의 환자들을 대면하는 것은 적지 않은 부담이었다.

약국의 상담실에서 책상 건너편에 나란히 두 손을 잡은 부부를 본다. 반신이 불편한 남편과 그 남편을 위해 간절한 마음을 갖고 함께 찾아온 그의 아내. 나는 그 순간 그 분들의 반신반의하는 표정과 기대를 마주 본다. 병원으로 가야 할 분들이 나를 찾아오면 기쁨보다는 무거운 책임감이 앞서는 것이다.

행여 약을 먹고 명현반응이라도 온다면 그 기대는 원망과 불신으로 돌변하기도 한다는 것을 나는 잘 알고 있다. 이럴 때 내게 필요한 것은 용기. 내가 무엇 때문에 이런 일을 하고 있는지 답을 생각할 겨를이 없다.

생기산을 복용하고 어눌했던 말이 바로 나온다거나 걸음걸이가 달라졌다는 보고를 자주 접한다. 뇌경색이 살짝 지나간 사람은 겉으로 보기에는 멀쩡하지만 이미 혈관이 막히기 시작한 상태이므로 고혈압, 수족 지림, 두통, 수족냉증 혹은 기억력 서하 같은 증상을 동반하고 있는 경우가 대부분이다. 동반증상이 사라지면 뇌혈관이 개선된 것으로 짐작할 수 있다.

뇌혈관이 막힌 뇌경색 환자가 팔을 못 쓰거나 보행이 불편하고 말이 어눌해지는 것은 혈관과 신경 그리고 근육이 서로 긴밀한 연결체라는 것을 말한다. 혈관경색으로 영양공급이 끊기면 신경과 근육이 함께 손상되어 반신불수라는 고통을 마주하게 된다. 그런데 혈관을 살리면 이미 손상된 신경과 근육이 상당 부분 회복되는 기적이 일어난다. 한 번 손상된 신경은 복구가 안 된다던 신경학계의 오랜 정설이 깨진 것을 눈으로 확인하는 기쁜 순간이다.

두통은 아주 흔한 질환이면서도 진통제 외에는 약이 없어서 만성환자에게는 큰 병처럼 힘든 수렁이다. 생기산을 써 보고 두통도 혈관질환이라는 확신을 갖게 되었을 만큼 치유사례가 많은데 특이사항을 몇 가지 든다면 다음과 같다.

① 두통환자는 대개 잠을 잘 자지 못한다.
② 소화불량을 동반하는 경우가 많다.

생기산을 복용하면 동반되는 위의 증상들까지 바로 좋아지는 경우도 있지만 드물게 머리가 여기저기 군데군데 돌아가면서 아픈 증상을 거치는 경우도 있다. 생기산 명현반응 리스트에 두통과 전신 통증이 들어있다. 낫는 질병과 명현 증상이 어떻게 겹칠 수 있을까? 위장병을 고치는 약을 먹고 더 위장병이 심해지면 부작용이 아닌지 의문을 가지듯이 혈관을 청소하는 약이 왜 두통과 전신 통증을 일으키는지 질문해 보게 된다. 생기산 처방을 구성한 나도 매일 학생처럼 공부하면서 이런 현상들에 대해 이해시키고 안심하고 복용할 수 있도록 하기 위해 노력하고 있다.

협심증 때문에 처방하는 심장혈관을 넓히는 약물은 모두 두통이나 혈압이 떨어지는 부작용이 있고 스텐트 시술이나 혈관을 이어 붙이는 시술은 더욱 큰 위험을 감수해야 한다. 생기산으로 혈관을 정화할 때 사람에 따라서는 머리가 약간 아프다거나 혹은 두피로 무엇인가 스멀스멀 하는 이상한 느낌이 온다고 하면 오히려 기쁘게 받아들여야 할 치유반응으로 보면 된다고 말한다. 하지만 가끔 머리가 터질 듯이 아팠다고 말하는 환자를 보면 나도 움찔 놀라곤 한다.

혈관이 좋아진 것을 확인하는 가장 간편한 방법으로 경동맥 초음파가 있다. 심혈관이나 뇌혈관 검사도 있지만, 심혈관의 경우 조영술 자체가 수술과 같은 위험성이 있고 뇌혈관은 미세혈관이 많아서 검사를 해도 결과가 정확하다고 보기 어렵다. 전신에 15만 킬로미터라는 혈관을 구석구석 관찰할 정도의 과학 수준은 아직도 먼 미래의 이야기인 것이다.

2. 노폐물 제거 - 해독작용

현대인의 질병은 모두 노폐물 탓으로 돌려도 될 정도로 우리 몸은 오염에 시달리고 있다. 환경오염이 아니라 체내오염이라면 이상하게 들릴 수도 있겠지만 만성적인 스트레스와 운동 부족, 무엇보다 과식하는 습관을 생각해 보면 절로 고개가 끄덕여진다. 요즘은 배가 고파서 먹는다기보다는 분위기 때문에, 모임을 위해, 혹은 심심해서 먹는 경우가 더 많다. 넘쳐나는 맛집들, 끼니를 때우려고 먹는 인스턴트와 가공식품들, 달달한 커피와 빵, 그리고 간식들. 이런 맛있는 먹거리들에 기름과 당분이 빠질 수 없다.

한창 자라는 아이들에게 양질의 영양은 성장을 촉진하지만 이미 성장이 끝난 성년에게는 예전에 먹던 양과 동일한 양의 음식은 모두 과잉 에너지가 되어 내장지방으로 전환된다. 몸 안의 오장육부는 매일 이런 것들을 처리하느라 늘 지쳐 있다.

비타민은 과잉의 내장지방과 노폐물을 에너지로 바꾸는 체내 생화학 반응에 중요한 촉매제가 된다. 아이들에게 비타민은 성장촉진제이지만 어른에게 비타민은 몸 안의 노폐물을 정화시키고 제거하는 수단이 되는 것이다. 몸 안의 노폐물이 과잉으로 쌓여서 문제가 되는 요즘, 비타민 열풍은 아주 바람직한 현상이라고 할 수 있다.

예전에는 보약을 먹어서 좋았으나 이제는 보약을 먹어도 기운이 없고 몸이 무겁다면 독소를 제거하는 데 관심을 가져야 한다. 생기산은 그 노폐물 정화에 탁월한 효과가 있다. 보약이 아닌 생기산을 먹고 몸이 가볍고 기운이 나는 사람이 비만한 체형에 국한 되지 않는다는 것을 알았을 때, 나는 마른 체형에 얼굴이 누렇고 핏기가 없으며 입맛도 없고 늘 피로한 사람에게 생기산을 처방하게 되었다. 마른 체형에 얼굴이 누렇고 핏기가 없으며 입맛도 없고 늘 피로한 사람이라면 간염이나 간경변 환자를 떠올릴 수 있다. 물론 비만한 사람도 간이 나쁠 수 있겠지만 그 어느 경우이든 생기산은 노폐물을 정화하여 간세포를 살리는 데 적절한 약이 되어 주었다.

생기산 설명서에 노폐물 제거를 말하면서 혈독, 수독, 식독, 열독을 예로 들었는데 마른 체형에 얼굴에 핏기가 없고 입맛이 없는 사람은 특히 열독이 있다고 판단하였다. 죽은 사람은 열이 없으니 열 그 자체는 생명을 예표 하는 좋은 것이지만 순환에 장애가 생겼거나 어떤 원인에 의해 흉중에만 몰린 열은 신경을 손상시키고 여러 장기에 부담을 주는 독이 된다. 생기산과 비타민 요법은 이런 열독을 풀어주는 가장 안전한 처방이었다.

노폐물을 없애면 살아나는 가장 대표적인 장기가 간과 콩팥이다. 약이나 음식 모두 해독작용을 담당하는 간에는 부담이 될 수밖에 없고 따라서 간을 치료하는 약은 없다고 보아야 하지만 생기산과 비타민은 간질환 중에서 중증으로 분류되는 간경변 환자에게도 좋은 예후를 보이고 있다.

3. 염증 치료 - 통증(두통, 관절통)과 아토피피부염, 류마티스

병원에서의 염증 치료는 소염제와 항생제이지만 만성 염증이 많은 요즘은 대학병원을 가도 답을 얻지 못하는 사람들을 흔히 볼 수 있다. 부신피질 호르몬이라는 스테로이드제나 항암제로 분류되는 약들을 만성 염증 치료목적으로 사용하는 경우에는 부작용이 커서 약이 약을 부르는 사태, 다시 말하면 약의 부작용을 줄이기 위해 또 다른 약을 먹어야 하는 불행을 겪게 된다.

염증의 특징적 징후는 발적(빨갛게 됨), 부종, 발열, 통증으로 요약된다. 잇몸염증이나 피부염증을 떠올리면 쉽게 이해될 것이다. 한방에서 염증은 열과 동격이다. 만성적인 염증은 열이 비정상적으로 많은 열증이라고 보는 것이다. 만성적인 염증의 경우 열이 없는 사람은 혹시 염증이 생기더라도 커지지 않고 진전이 없이 멈춰 있다. 그러므로 우리가 아는 현대인의 대부분 염증 질환은 열증이라고 보아야 한다.

열은 전신적으로 많을 수도 있고 사지말단은 차갑지만, 흉중이나 피부나 특정 부위에만 몰려 있기도 하다. 특정 부위에만 몰려 있는 열증을 가진 사람은 더위에도 취약하지만, 추위에도 못 견디게 힘들어한다. 염증이 많은 사람은 염증의 원인인 이런 열독을 제거하면 치료의 길이 보인다.

두통과 관절통, 근육통과 같은 통증이 혈액순환과 관련이 깊은 것은 누구나 아는 것인데 왜 혈액 순환개선으로 치료되는 사례는 없을까? 병원에서도 이런 질병을 치료하는 데에 혈액 순환제를 쓰지는 않는다. 보조제로 은행잎 제제나 피를 묽게 하는 항혈전제를 처방하기는 하지만 치료 효과를 기대하는 사람도 없고 실제로 치료 효과도 없다. 무엇보다 정말 제대로 된 혈액 순환제가 없는 것이 제일 문제이다.

혈액순환의 위력!!

이것은 내가 경험한 생기산의 축복이었다. 오랜 시간 만성두통으로 고통 받던 내게 생기산과 비타민은 통증 없이 맑은 머리로 크리스마스이브를 보낼 수도 있다는 것을 알게 해 주었다.

생기산의 명현반응으로 두통이 아무래도 신경이 쓰이는 말이긴 하다. 머릿속이 이상하다는 사람들, 터질 듯이 아프다가 맑아졌다거나 두피가 스멀거렸다는 경험담은 흔히 듣는 이야기이다. 전에 없던 유별난 이런 느낌은 모두 혈관을 청소해주는 시술을 받는 것쯤으로 이해하면 좋을 것 같다.

근육통이나 관절통에 비타민 B100과 마그네슘, 토코페롤은 특히 효과 있는 영양물질들이다. 여기에 비타민C 고용량 요법을 추가하면 웬만한 근육통은 절반으로 줄어드는데 열독과 노폐물이 많은 사람이라면 여기에 더하여 생기산으로 체내를 정화하고 혈액순환을 개선시키는 방법이 아주 유용하였다.

비타민이 어떻게 통증과 염증에 효과를 나타낼까? 비타민은 신경 비타민으로서 작용(비타민B), 혈액 순환작용(비타민E인 토코페롤과 마그네슘)과 항산화 작용(비타민C)으로서 염증의 원인인 노폐물의 생성을 억제하고 배설을 촉진하는 것으로 통증 치료에 기여한다. 생기산으로 노폐물을 정화하고 혈액순환을 향상시킬 때 비타민 요법을 병행하면 훨씬 효과적인 이유이다.

아토피 피부염은 대표적인 알레르기 질환이면서 한방으로는 열증에 속한다. 어릴 적 아토피는 성장하면서 사라지거나 천식으로 바뀌기도 하지만 어른이 되어서도 극심한 염증으로 남아 사회생활에 지장을 주는 경우도 드물지 않다. 가려움증으로 자꾸 긁어서 피부가 두꺼워지고 깊게 팬 주름 사이로 진물이 난다. 아이의 손을 잡고 나를 찾아오기까지 대개 좋다는 방법들은 가리지 않고 다 해본 뒤이다.

'약국을 하면서 고심했던 질환' 하면 나는 아토피가 가장 먼저 떠오른다.

쉬울 것 같으면서 난해하고 어려운 질환이 아토피였다. 장 누수 증후군이라고 해서 장내 환경이 나빠 피가 탁해지고 독소의 영향으로 피부염이 생긴다는 설이 가장 보편적인데 프로바이오틱스(유산균), 프리바이오틱스(유산균 먹이)로 개선되는 케이스는 생각보다 드물었다. 지금도 대부분의 자연치료요법, 대체의학자들이 보편적으로 선호하는 방법이 유산균으로 장을 좋게 하는 방법일 것이다.

그 외에 감마리놀렌산(달맞이꽃 종자유 혹은 보라지유)과 오메가3, 레시친 같은 기름 성분과 화분(꽃가루)을 쓰기도 한다. 그러나 분량이 많아서 먹기가 힘들다는 단점, 그리고 인스턴트 음식을 비롯하여 먹지 말라는 금기 식품이 많은 데 비해 효과는 미미하여 중도 포기하는 경우가 다반사였다.

생기산은 한약 치료 방법 중에서도 가장 효과적인 처방이었다. 열과 노폐물을 처리하여 피가 맑아지면 저절로 사라지는 질환에 아토피가 포함된다.

비단 아토피뿐 아니라 콜린성 알레르기나 두드러기, 천식, 한랭 알레르기 질환에도 모두 효과가 있었다. 이 질환들은 모두 열과 관련된다는 공통점이 있다.

열과 염증으로 분류되는 또 다른 질병이 류마티스와 통풍이다. 통풍은 퓨린계 단백질 대사가 잘못되어서 요산 결절이 생기고 그것들이 복숭아뼈나 관절에 침착하여 일으키는 극심한 통증, 염증을 말하는데 생기산과 고용량 비타민C 요법으로 특효가 있었다. 비타민C는 통풍환자를 악화시킬 수 있다고 알려졌지만 막상 써 보면 정반대의 효과에 놀라게 된다.

류마티스는 자가면역질환의 대표이다. 류마티스를 치료한다면 다른 자가면역질환도 치료된다고 볼 수 있다.

현대의학에서는 치료되지 않는다고 단언하지만, 비행기가 없던 시절, 하늘을 나는 기계가 웃음거리였던 이치와 같지 않을까? 자가면역질환이라는 불치병 진단을 받고 그 속에 갇혀 아무것도 해보지 못하는 환자들에게 의학은 미안하다고 사과해야 할지 모른다.

의외의 쉬운 방법이 대학병원의 권위를 부끄럽게 할지 누가 알겠는가? 내게 오는 환자들은 이구동성으로 '병원에서는 낫지 않는 병이라고 하던데요. 자가면역질환이 나을 수도 있나요?'라고 말한다. 이미 류마티스 완치 사례들은 충분히 많이 있다. 그것도 생각보다 아주 수월하게…. 치료의 비결은 한방에서 말하는 열독, 열과 염증의 관계로 자가면역질환을 해석한 것이다.

4. 우울증, 불면증, 정서적 불안

스트레스. 주변에서 가장 많이 들을 수 있는 단어 중의 하나가 이 스트레스라는 말일 것이다. 이 스트레스만큼 확실한 현대 질병의 주범이 또 있을까? 스트레스라는 말을 우리 생활 용어로 바꾼 것이 바로 화병이다. 혈관이 좁아지고 막히는 동맥경화를 현대의학에서는 혈중 콜레스테롤 수치가 높은 고지혈증 때문이라고 말한다. 하지만 스타틴(고지혈증 약물)을 강력하게 쓰고 저지혈증이 될 만큼 수치를 떨어뜨려도 협심증이 재발한다. 고지혈증이 협심증의 원인이 아니라는 뜻이다.

지금 의약계는 스타틴 약물의 부작용을 호소하는 사람들과 그 약을 먹고도 응급실에 실려 오는 협심증 재발 환자들을 뒷전으로 하고 여전히 평생 그 약을 먹도록 위협하고 있다. 도대체 혈관이 막히는 원인은 무엇일지 고민하는 의사들도 그 해답을 시원하게 찾아내지는 못하고 있다. 하지만 우리는 로제토 마을 이야기를 참조하여 혈관이 막히는 것도 스트레스라는 결론을 내릴 수 있다. 누군가 한적한 시골 마을에 내려가서 자연식으로 식이요법을 하여 불치병을 치료하였다면 그것도 스트레스를 피한 결과라고 볼 여지가 있다.

화병은 흉중에 울화를 만든다. 억울하고 답답하면 누구나 가슴을 치는 것은 가슴에 울화를 풀기 위한 신체 반응이다. 울화는 피를 걸쭉하게 하여 혈액순환을 방해하고 불안과 불면증의 원인이 된다. 우울증은 분노를 표출하지 못하고 억압할 때 생긴다고 한다. 스트레스는 화병으로 불안, 불면, 우울증의 원인이 되는데 생기산은 이런 울화를 풀어주는 화병 약으로 혈액순환을 잘되게 하는 작용이 있어서 결과적으로 심신의 안정을 주는 것으로 관찰되었다.

물론 정신과 약물처럼 당장 잠을 잘 자게 한다거나 우울증, 불안증약을 바로 중단할 수 있다는 것은 아니다. 정신과 약물은 신경 반응을 차단하여 즉각적인 효과가 있으나 약을 중단할 수 없고 점점 약용량이 늘어나는 습관성 때문에 더 큰 문제를 일으킨다는 것은 누구나 아는 사실이다. 정신적인 영역 문제인 신경질환에 생기산 같은 한약으로 효과를 본다는 것은 언뜻 이해하기 어려운 면도 있다. 그러나 정신과 약물이 신경을 차단하여 효과를 주는 것을 생각한다면 울화를 풀어 심신의 안정을 주는 생기산 효과가 더 자연스럽다는 해석도 가능해진다. 지속적인 스트레스 상황이 어느 정도 차단되도록 조치하면서 마음 관리도 한다면 상당한 보조

치료의 효과를 볼 수 있다. 이 경우 신경 비타민인 비타민 B100을 하루 2회 이상 처방하고 마그네슘을 같이 쓰는 것이 중요하다.

생기산 복용으로 수십 년 만에 처음 깊은 잠을 자게 되었다는 사람, 침대에 눕자 온몸의 근육이 풀어지는 편안함을 누렸다는 사람도 있다. 신경 안정 성분이 전혀 없는 생기산이기에 이런 사례들을 접할 때마다 나는 놀라움을 느낀다. 화병이 울화이고 울화가 우리 신체에 미치는 영향력이 얼마나 큰지 깨닫게 해주는 경험들이다.

5. 소화불량, 흡수 장애, 장누수증후군

만성적인 소화불량은 혈액순환 장애이다. 쉬운 말 같지만, 고대 그리스 학자 아르키메데스의 '유레카'처럼 내게는 큰 깨달음을 준 것이 바로 혈액순환과 소화의 관계였다.

더부룩함, 조금만 먹어도 식도까지 꽉 찬 느낌, 가스 참, 목에 뭔가 걸린 듯한 이물감, 명치 답답함으로 고생하는 사람들은 병원에 가면 PPI(전문용어로 '프로톤 펌프 억제제', 근래에 가장 흔한 위장 질환 처방 약)제제와 제산제를 처방 받고 한의원에 가면 담적병으로 진단받아 약을 먹는다. 병원 처방 약의 효과는 상당히 좋은 편이다. PPI와 제산제는 위산 분비를 억제하고 위장관

연동운동을 촉진하며 염증을 일으키는 자극적인 음식에 대해 위벽의 방어인자를 강화하는 등 다채로운 작용으로 빠르게 증상을 개선시킨다.

문제는 이런 좋은 약물로도 치료되지 않는 환자가 자꾸만 늘어난다는 것이다. 역류성 식도염, 위축성 위염, 장상피화생(위벽이 장벽처럼 변성되어 위암으로 발전될 가능성이 높은 증후)같이 병명이 확실한 것도 있지만 장 누수 증후군이나 위장이 멈춘 것 같이 복부가 단단하게 굳은 소위 담적증은 대체의학이나 한방에서 붙여진 이름들이다.

약은 좋지만 낫지 않는 이유는 무엇일까? 병원 처방약으로 잠시 좋아졌다가 약을 끊으면 원상태로 되돌아가기를 반복하거나 아예 효과가 없다면 혈액순환 장애를 의심할 수 있다. 생기산은 급체 환자에게 효과가 좋은 약이었다. 소화제가 아닌데 구토나 설사에도 효과가 좋은 이유는 엉뚱하게도 혈액순환이었다. 협심증이나 심근경색 환자에게 혈관 청소를 목적으로 투약하기를 반복하다가 어느 날 무릎을 치며 순환이 곧 소화의 열쇠임을 알게 된 것이다.

순환과 소화의 밀접한 관련성!!

급체한 환자의 손끝을 바늘로 따서 피를 내고 주무르면 트림을 하면서 창백했던 혈색이 돌아온다는 것은 누구나 아는 상식이 아닌가?

생기산은 체내 노폐물을 빼내는 약이므로 초기에는 주로 체격이 크고 염증이 있는 사람에게 썼지만, 소화력 개선과 장내 영양분 흡수 장애를 치료하는 효과 때문에 마른 사람에게도 잘 맞는 처방이 되고 있다. 장 누수 증후군이란 장벽이 헐어 있어서 대장의 독소가 혈중으로 유입되어 알레르기 질환이나 염증의 원인이 된다는 것이다.

생기산은 각종 염증을 치료하고 이담제(담즙분비제)로서 소화력을 개선하므로 장 누수에도 좋은 경과를 보이고 있다. 헐어 있는 장벽을 치료하고 혈액 순환개선으로 장운동을 촉진하여서 소화력을 높이기 때문이다. 생기산으로 아토피나 만성 습진 등 피부염이 치료되는 것도 장치료 작용의 일환으로 이해할 수 있다.

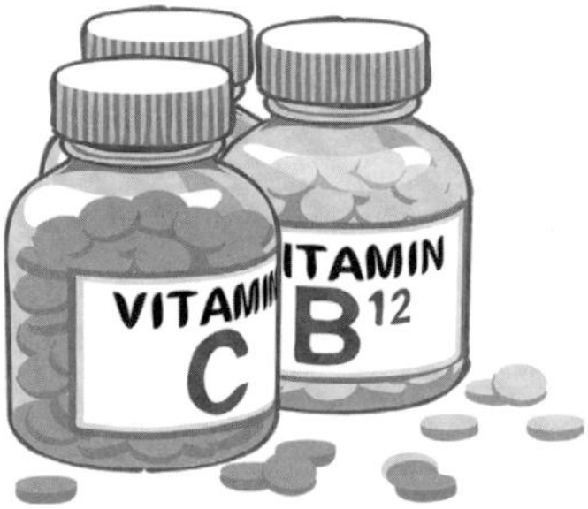
VITAMIN
C
ITAMIN
B12

4장

비타민 요법

…

기능의학 이야기

4장 비타민 요법

… 기능의학이야기

젊고 건강할 때는 없었던 증상들이 나이가 들면서 조금씩 이상 징후로 나타나면 무척 당황스럽다. 예를 들면 술 마신 뒤에 전에 없던 숙취 증상, 많이 먹지도 않았는데 과식을 한 것처럼 꺽꺽거리게 되는 소화불량, 기억력 감퇴나 성기능 장애, 머리를 감을 때마다 수북하게 빠지는 머리카락. 영양제나 보약에는 무관심했던 사람들도 비로소 몸에 좋다는 정보들에 눈길이 간다. 어느 날, 벼락처럼 당뇨나 고혈압 진단을 받은 사람이라면 더욱 그럴 것이다.

건강기능식품, 이른바 건기식이다. 어디에 뭐가 좋더라는 입소문들은 어지러울 만큼 무성하다. 나에게 맞는 것을 찾는 것은 결국 각자의 몫이다. 유튜브나 방송에서 다루는 여러 가지 건강 정보들을 가지고 이것저것 먹어보면서 자기 자신을 대상으로 인체실험을 해보기도 어렵지 않은 세상이지만 어느 것을 취하고 버려야 할지 지식은 있어야 한다.

세상만사 그렇듯 건강에 대한 지식도 빈익빈 부익부라서 공부를 하는 사람들은 그만큼 누릴 수 있는 것도 많다. 건강에 대한 지식 탐구자들. 나는 우리나라 사람들의 지식에 대한 열망과 이해 수준에 매일 감탄하고 있다.

비타민을 비롯한 기능 성분들은 특별히 공부가 필요하다. 기능 성분들의 효과는 의외로 탁월해서 잘 골라 복용하면 마치 약처럼 효과적인 치료제가 되기도 하고 고통스럽던 자신만의 증상을 극복하는 비법이 되기도 한다.

근래에 가장 관심이 집중되는 기능 성분들은 비타민C 외에 B, D, 토코페롤이라고도 하는 E, 비타민 K2 정도가 있고 글루타치온, 레시틴, 오메가3, 폴리코사놀에 미네랄로서 마그네슘과 칼슘, MSM을 들 수 있다. 이들은 모두 치료 효과에 대한 자료들이 많이 있는 나름의 기능 의학 처방 성분이지만 모두가 궁금해하는 것은 정말 어느 정도의 효과를 볼 수 있을까 하는 것이다.

추어탕 집에 가면 벽면에 추어의 효능이라고 하여 고서 내용을 인용한 장황하고도 놀라운 효과들이 적혀 있다. 뽀빠이 아저씨가 먹는 시금치 효능만 해도 먹으면 모든 병이 다 나을 것 같은 착각이 들게 한다. 기능 성분들도 마찬가지여서 글루타치온 설명을 들으면 이것이 만병통치약 같다. 레시친이나 크릴오일 설명을 들으면 내장지방 다 잡고 절대 치매도 안 걸릴 것 같은 과장된 느낌을 받는다.

나는 이 책이 기능 성분에 대한 오해를 풀고 여러분들의 건강을 지키는 진솔한 도우미가 되면 좋겠다. 유튜브 진약사톡을 통하여 듣는 가장 빈번한 질문들을 아래에 정리해 보았다.

1. 비타민씨(VitC) 메가도스(고용량요법)

(1) 고용량 요법(메가도스) 반대 견해

모든 기능 성분 중에 가장 흔하고 귀에 익숙한 것이 비타민C이다. 1회 분량 1000밀리 그람 정제부터 3000밀리 분말 포장까지 국내외 수많은 제품이 비타민C 메가도스를 권장하는 분위기이다. 고용량 비타민 요법에 대해서는 갑론을박 의견이 분분하지만 우선 반대하는 견해를 정리하다 보면 왜 먹어야 하는지 이해가 쉽다.

첫째, 수용성이어서 먹자마자 소변으로 빠져나가는데, 왜 고용량이 필요한가?

콩나물시루에 물을 주면 순식간에 다 빠져나가지만, 콩나물은 쑥쑥 잘 자란다. 나는 언제나 이 비유로 비타민C의 효능을 설명한다. 먹자마자 빠져나가지만 제 역할 다 하고 나가는 것이며 속효로 배출되므로 한꺼번에 많이 복용하는 것보다 수시로 자주 복용하는 것이 좋다.

둘째, 비타민C 고용량은 권장량보다 너무 높은 용량이므로 간이나 콩팥에 해가 될 수 있다?

비타민C는 간기능 개선을 위해 꼭 필요한 항산화 효과가 있고 수용성이므로 콩팥에 부담을 줄 이유가 없다. 말이나 쥐는 체내 비타민C 합성을 하는 동물인데 체내 합성 단위를 사람의 체중으로 환산하면 하루 10000밀리 섭취로도 오히려 부족할 정도라고 한다.

셋째, 비타민C는 위장장애가 크다? 비타민C가 신맛을 지닌 것에 대한 오해다.

비타민C의 신맛은 위액의 산성(위산)에 비해 훨씬 약한 산성이며 오히려 위장을 적절히 자극하여 위액의 분비를 촉진하고 위장 기능을 회복하는 치료제에 가깝다. 공복에 복용하게 되면 약간 속쓰림을 느끼는 사람도 있지만, 비타민C는 먹을수록 적응되는 성질이 있어서 식후에 반 알씩 혹은 물에 녹여 한 모금씩 천천히 늘려 가면 하루 6000~10000밀리까지도 자연스럽게 복용이 가능해진다. 비타민C로 인한 속쓰림은 비타민C의 시원한 성질 때문이기도 하므로 식후 즉시 복용하든지 공복이라면 따뜻한 물에 먹는 것도 좋은 방법이다.

넷째, 몸에 돌(결석)을 만든다?

아스코르브산이라고 하는 비타민C의 본래 이름이 산성을 나타내고 어디선가 체내 결석이 생긴다는 보고가 있어서 돌을 만든다는 오해를 산 것 같다. 하지만 나는 대표적인 돌 질환인 통풍 관절염(요산 결석), 담석증(담낭에 생긴 결석), 요로결석 환자에게도 비타민C 메가도스가 효과가 있다는 것을 많이 관찰하였다. 돌과 상관이 없으므로 비타민C를 먹을 때 물을 부담스럽게 많이 마셔야 하는 것도 아닌 것이다.

☆ 비타민C 고용량요법 반대 견해와 해답 정리 ☆

① **먹자 마자 빠져 나가므로(수용성) 고용량 불필요하다** - 콩나물 시루에 물이 다 빠져도 콩나물이 자라는 원리를 생각하자. 제 역할을 다 하고 나가는 것이다.

② **고용량이어서 간과 콩팥에 해롭다** - 간세포 회복에 비타민C가 필수이다. 수용성이므로 물과 같아서 콩팥에 무해하다. 실제로 투석중인 신부전 환자에게 잘 맞다.

③ **위장장애가 크다** - 위산보다 약산이어서 위 자극이 클 수 없다. 적절히 위장을 자극하여 처음 복용할 때만 조심하면 위장치료제로 응용도 가능하다.

④ **결석을 만든다** - 통풍환자에게도 비타민C를 쓰고 있다. 충

분한 물과 함께 섭취하면 걱정이 없다고 한다.

이제 비타민C의 효과를 정리해 보자.

(2) 비타민C 효과 - 항산화 작용

* 그외 항바이러스 작용(감기, 간염, 수두, 대상포진에 응용 가능), 결합조직 형성(콜라겐 합성), 미네랄 흡수 촉진(철분, 칼슘, 마그네슘 등) … p.218 ~ p.219 참조

한 대학의 총 동창회 날, 사회자가 50기 회장과 60기 회장을 바꿔 소개한 해프닝이 있었다. 열 살이나 차이 나는 회장을 착각해서 소개한 것은 세월을 거스르는 사람과 앞지르는 사람이 있다는 것이다. 어릴 때는 생일이 열 달만 차이 나도 금방 알 수 있지만, 나이가 들수록 그 차이는 미미해지다가 드디어 중년 이후에는 역전이 일어나는 것이다. 알고 보면 얼굴뿐 아니라 혈관, 장기 등 몸 전체가 나이를 먹는다. 어떻게든 젊어 보이고 싶은 우리의 노화를 더디게 하는 비결이 바로 항산화 작용이다.

산화란 쇠가 녹슬 듯이 체세포가 노화되는 것을 말하고, 항산화는 그 산화를 막는다는 뜻이다. 산화는 기계나 설비가 시간이 지날수록 마모되어 자연적으로 가치가 하락하는 감가상각과 비슷한 의미로 인체의 경우 50조 개의 세포가 매일 새로운 세포로

교체되면서 생명이 유지되지만, 어제보다는 오늘이 하루만큼 더 늙어간다는 것은 피할 수 없는 사실이다. 노화의 원인, 즉 산화의 원인으로 제일 먼저 거론되는 것이 활성산소(super oxide-free radical)라는 물질인데 젊어서는 SOD(Super Oxide Dismutase)라고 하는 효소가 충분하지만, 나이가 들수록 SOD가 적어지면서 활성산소의 피해가 커진다고 알려져 있다.

나는 활성산소의 폐해를 오래된 경유 자동차가 액셀을 밟을 때마다 시커멓게 뿜어내는 매연에 자주 비유한다. 젊은 사람이라도 격한 운동을 많이 하거나 스트레스가 많은 일상을 보내게 되면 그만큼 에너지 대사가 왕성해서 배기가스 같은 매연물질인 활성산소가 많이 발생하고 SOD 효소로 감당하기 어려운 상황이 되면 세포 노화가 빨라지고 만다. 마라톤 선수가 수명이 짧은 것은 이런 원인이 크다고 볼 수 있다. 담배를 많이 피우는 사람들은 눈으로 보는 연기가 그대로 활성산소라고 보아도 무방하다. 금연이 우선이지만 그럴 수 없다면 비타민C 고용량 요법을 해보는 것이 아주 좋다. 담배 한 개비 당 비타민C 1000밀리 한 알. 비타민C의 항산화 효과가 그만큼 탁월하다는 것이다.

항산화 효과란 산화를 막는다는 의미이지만 산화라는 것 자체를 잘 이해하지 않으면 항산화의 중요성을 체감하기 힘들다. 피부의 산화는 검버섯, 기미 주근깨와 주름, 푸석푸석 윤기 없는 상태를 떠올리면 된다. 혈관의 산화는 동맥경화이다. 혈관이 탄력을 잃고 혈관 내벽이 석회층으로 두꺼워지는 것으로 심하면 협착으로 이어질 수 있어서 협심증, 심근경색, 뇌졸중의 원인이 모두 동맥경화에 있다. 15만 킬로(참고로 지구 한 바퀴는 4만 킬로미터)에 달하는 전신의 혈관 중에는 눈에 보이지 않는 초미세 혈관도 포함되어 있고 눈의 망막이나 콩팥의 사구체도 결국 혈관이라는 점을 생각하면 시력 이상이나 신장 염증도 혈관경화로 해석이 가능해진다. 만성 신염이나 간염, 망막 이상으로 시력을 잃은 사례들은 혈관 산화의 위험성을 다시금 실감하게 된다.

근육의 산화는 늘어지고 힘없는 근육 내지는 근 감소증으로 휘어지는 등이나 다리를 만든다. 근육통도 단시간의 산화 반응으로 볼 수 있다. 간세포의 산화는 곧 간염이나 간경화를 들 수 있다. 과거에는 세균감염으로 사람이 사망하였다고 하면 지금 우리는 이런 산화의 결과로 아프고 고통을 겪는 특이세대가 되어 가고 있다. 항산화는 이런 우리에게 가장 중요하고 극적인 효과이다.

시중에 항산화 작용이 있다는 식품이나 기능 성분들이 많이 있다. 비타민B군이나 비타민A, 베타카로틴(프로비타민A) 무기질인 셀레늄 외에도 글루타치온(간 해독효소의 일종), 토마토에 많이 든 라이코펜, 크릴오일에 많다는 아스타잔틴을 대표주자로 들 수 있다. 어느 것이 제일 효과가 좋을지 궁금해지기도 하지만 항산화

작용은 현대인에게 너무나 중요한 건강 파수꾼이므로 한 가지 성분에 의존하기보다는 여러 가지로 중복 협동 작용을 유도하는 것이 좋다. 다행히 서로 상충되는 금기 위험은 없으므로 각자의 주관적인 효과를 기준으로 선택하면 되겠지만 나는 무엇보다도 비타민C를 추천하고 싶다. 비타민C 메가도스(고용량요법)가 항산화의 최고요법이기 때문이다.

(3) 비타민C 고용량 요법 시작하기

1) 어떤 제품이 좋을까?

첫째, **합성 비타민이 좋다.** 천연 비타민이 아닌 제약회사 제품들은 태우면 아스팔트 같은 재가 남는다고 먹으면 큰일 날 것처럼 겁을 주는 다단계 회사의 판매자들이 있다. 여기에 발끈하여 약사로서 유튜브를 시작하게 되었지만 지금도 그런 오해들은 어디에서나 쉽게 접할 수 있다. 나무를 태우면 재가 없을까? 꽃도 태우면 재가 되는데 재의 유무로 천연과 합성을 나누는 것은 무리가 있다. 천연을 광고하는 그 제품도 천연이 좀 섞여 있을 뿐인 합성제품이다.

둘째, **가루나 정제나 먹기 편한 것으로 고르면 된다.** 정제(알약)는 나쁘고 가루가 좋다는 선입견이 있지만, 나의 경험상 임상적 차이는 없었다. 알약 타입은 외부 표면에 코팅이 된 것이 목 넘김이 좋은 장점이 있으나 코팅되지 않은 제품은 물에 잘 녹는 장점이 있다. 가루로 된 것을 물에 녹여 수시로 복용하는 사람이라면 코팅되지 않은 알약 타입의 비타민C를 물에 녹여 먹는 방법도 동일하다는 것을 기억하자. 알약 타입이 분말보다 가격도 저렴하다.

가루로 된 비타민C를 구매할 때는 반드시 2~3그램씩 개별 포장된 것을 골라야 한다. 항산화 작용이 강한 비타민C는 햇빛이나 형광등 불빛, 공기 중에 노출만 되어도 쉽게 변질되기 때문에(항산화 작용이란 비타민C 자신이 먼저 산화되면서 주는 결과이므로 이런 변질은 당연한 것이다) 커다란 통에 든 비타민C를 스푼으로 떠먹는 것은 말리고 싶다.

2) 얼마나 먹어야 할까(용량 정하기)

하루 추천 용량은 최소 **6000밀리 이상**이다. 하루 1000밀리 한 알은 메가도스가 아니다. 비타민C의 좋은 효과를 원한다면 누구나 약간의 모험정신이 필요하다. 설명서에 한 알씩 먹으라고 한 것이 절대적으로 맞는다면 3000밀리 개별 포장제품은 왜 나왔을까 생각하면 틀을 깨는 고용량 요법을 한 번 시도해 볼 용기를 낼 수 있다. 먹자마자 소변으로 나가는 까닭에 한꺼번에 고용량을 하기보다는 자주 수시로 복용하도록 권한다. 1000밀리 알약을 수시로 6회 이상이 어려우면 두 알씩 세 번 복용 하는 방법도 있다.

3) 위장에 부담 없이 먹는 방법

비타민C는 어느 정도 적응되면 공복에도 위장장애는 없다. 비타민C의 위장장애는 언제쯤 오명을 벗을 수 있을까? 나는 매일 비타민C가 강한 산성이라거나 위장을 해친다는 두려움에 싸인 사람들을 안심시키느라 많은 시간을 보내고 있다. 처음에 커다란 흰 알약을 삼킬 때 우리 마음만큼 위장도 생소한 물질에 놀랄 수 있다는 것만 기억하자. 식후에 욕심 없이 1정씩, 혹은 반 알씩 시작하면 무리 없이 적응할 수 있다.

2. 통증, 우울증, 피로 회복에 쓰는 비타민B 100에 대하여

(1) 들어가기

유한양행 삐콤으로 널리 알려진 비타민B는 현대인에게 꼭 필요한 필수 영양제로 꼽힌다. 일동제약 아로나민 골드, 종근당의 벤포벨, 차승원이 광고하는 수입 비타민 액티넘, 대웅제약 임팩타민 시리즈들이 모두 비타민B제제로서 피로회복과 면역력 증강을 표방하고 있다.

"비타민 주세요."

약국 문을 열고 들어온 고객이 불쑥 던지는 이 말에 얼마나 많은 관련 제품들이 떠오르는지 약사가 아니면 모를 것이다. 일반인들에게 비타민이란 거의 비타민C를 가리키지만, 약사에게 비타민은 C보다 B가 더 빨리 상기된다. 요즘에는 비타민D를 강조하는 분위기이기도 하니 더 생각이 복잡해지기도 하지만 아무래도 B 관련 제품이 많고 B야말로 영양제를 대표하는 성분이니 약사로서는 4개월분 기본 포장된 영양제(임팩타민이나 벤포벨...)를 쉽게 내놓게 된다. 그러니 마시는 비타민C 음료 한 병을 생각했던 고객은 당혹스러울 것이다.

비타민B의 효과를 물어보면 나는 물 만난 고기처럼 신이 난다. 우선 신경 비타민!! 신경 작용으로 대표적인 세 가지가 통증(감각), 우울증(감정영역), 피로회복(활력, 기억력)이다. 몸의 어느 부분이 아프거나 뜨겁고 차고 시원한 느낌 모두가 신경이 살아 있어야 감지되는 신경작용이다. 통증이 있다면 비타민B는 무엇 보다 앞세워야 하는 1차 선택으로 영양제이지만 치료 작용까지 기대해 볼 만하다.

1) 통증 개선 효과

신경 비타민이 주는 최선의 효과는 통증 경감이다. 만성 통증이 있다면 진통제를 복용하더라도 우선 추천 하는 것이 비타민 B100이다. 두통, 근육통, 관절통, 생리통, 신경통에 하루 1~2정만으로 때에 따라서는 드라마틱한 효과를 볼 수 있는 안전한 방법이다. 생리통에는 특히 비타민 B6 피리독신 고용량이 효과가 있다고 알려져 있으나 B는 1번 티아민부터 12번 시아노코발라민까지 함께 고용량으로 복용하는 것이 가장 좋다. B는 1번부터 12번까지 협동 작용으로 생리적인 효과를 나타내므로 어느 하나를 고용량으로 먹는 것보다 함께 섭취하는 것이 바람직하다.

근육통이나 신경통으로 저릿저릿한 혈액순환 장애까지 있다면 마그네슘과 함께 비타민B를 복용할 것을 권한다. 약국에서 판매하는 마그네슘 제제(유한양행 마그비, 종근당 젠빅, 제일헬스케어 투엑스비엠 그 외에도 수십 종)에 비타민B가 추가되어 있는 것은 마그네슘의 혈액순환 효과에도 비타민이 필수이기 때문이다.

비타민B 제품은 시중에 아주 많지만, 특히 B100(100은 B의 함량을 말함)을 권한다. 일반 B 제품과 100을 표시한 제품의 함량 차이가 크게는 수십 배에 이르지만, 위장장애는 B의 함량과 무관하게 제품 제조공정의 문제일 뿐이고 가격도 오히려 100이 더 저렴한 경우가 많다.

2) 우울증 개선(감정 영역에 효과)

공황장애나 우울증으로 고생한다면 비타민B는 필수적이다. 신경정신과에서 불면증약을 비롯한 처방약을 먹고 있으면 비타민B를 보충제로 꼭 복용해야 한다.

신경정신과 약물들은 한결같이 비타민B를 소모시키는 이른바 드럭머거(체내 영양소를 소모시켜버리는 약물을 일컬음)로 분류되는데 가뜩이나 평소에도 부족한 비타민이 더 고갈될 수밖에 없기 때문이다.

제약회사에서 대중매체를 통해 광고하는 피로회복제는 모두 비타민B군 제품인데 비타민B는 이처럼 신체 활력뿐 아니라 감정 영역에도 작용하여 축 처지는 기분을 올려주는 효과가 입증되어 있다.

3) 기억력 증진(뇌기능 개선)

머리 좋은 아이가 공부를 잘한다. 나이가 들면 그 좋던 기억력도 급격히 저하되어 전날 주차한 차를 아침에 찾지 못하여 당황스럽기도 하다. 생각한 대로 말을 하는 것도 뇌기능이어서 뇌졸중(중풍)을 겪으면 말이 어눌해지는 자신에게 놀라 우울증에 걸리는 사례가 흔하다. 비타민B가 있으니 얼마나 다행인가?

아이들에게 최고의 집중력 영양제, 어른에게는 치매 예방, 피로회복, 노폐물 제거 효과로 얼굴색이 맑아지는 값싼 영양제이다. 신경 비타민 하나에 통증과 우울증, 기억력증진과 치매 예방 효과가 다 들어 있는 것이다.

4) 성장 촉진

삐콤 주사액 앰플을 화분에 꽂아 두면 화초가 윤기 있게 잘 자란다고 한다. 삐콤 주사액은 비타민B군을 주사액제로 만든 것으로 병원에서는 영양 수액 주사에 섞어 투약하고 있다. 아이들 키크는 영양제를 찾는 엄마들에게 나는 비타민 B100보다 좋은 것은 없다고 말한다. B 중에서 특히 B12번 시아노코발라민은 100 이상 500에서 1000 정도를 권하기도 한다. 시아노코발라민은 아이들 성장과 여성들의 빈혈에도 중요한데 약국에 나온 빈혈 치료제 중에는 B9(엽산=폴산)과 함께 시아노코발라민을 철분과 함께 복합으로 처방된 것이 효과가 좋다.

- 예시 : 헤모큐플러스(대웅제약), 마미센스(신일제약)

비타민 B9은 엽산이라고도 하고 폴산이라고도 하는데 기형아 예방효과가 있어서 임신을 원하는 여성(요즘엔 남성도 같이)에게 꼭 권장하는데 엽산이나 시아노코발라민이나 모두 한 가지만 고용량을 쓰기보다 비타민B 전체를 같이 고용량으로 쓰는 것이 더 좋다. 앞서 말한 대로 비타민B는 1번부터 12번까지 함께 협동하여 작용하기 때문에 어느 한 가지만 고용량을 쓰기보다 B100을 하루에 2~3정으로 증량하는 것이 더 바람직하다고 한다.

그 외에 비타민B는 간기능 개선에도 필수적이다. 흔히 비타민을 먹으면 간에 손상이 온다거나 간 수치가 상승한다는 말들을 하지만 실상은 정반대여서 간이 나쁘면 기본적으로 비타민B 100과 비타민C 보충이 필요하다. 병원 처방약을 먹고 있다면 함께 보충하는 것이 제일 좋은 식이요법이라고 한다.

(2) 비타민B 개별 성분 해설

B1(티아민)

피로회복 비타민의 대명사로서 흔히 마늘주사라고 알려진 병원 주사약의 주성분이기도 하다.

비타민은 활성형으로 먹어야 좋다? 비타민 활성형에 대한 논란은 B1 티아민에 대한 것으로 압축된다. 나머지 비타민 중에는 B6 피리독신과 B12시아노코발라민의 활성형이 존재하지만, 핵심은 거의 티아민에 대한 것이다. 따라서 티아민에 대한 논의만 하면 나머지 성분은 같은 논리로 이해할 수 있다. 티아민을 활성형으로 한 것이 벤포티아민 혹은 푸르설티아민이다. 티아민을 섭취하면 간에서 활성형으로 전환이 이루어지지만, 처음부터 활성형으로 복용하면 효과발현 시간도 줄이고 흡수율도 올라간다는 설명이 있다.

비타민제 설명에는 어디에서나 빠지지 않고 활성형이 좋다고 강조되어 있지만, 나의 임상경험으로는 전혀 그렇지 않았다. 활성형은 도리어 위장장애 문제가 나타날 가능성이 크고 푸르설티아민의 경우는 약 냄새가 심해서 먹기가 쉽지 않다. 간에서 활성형 전환이 이루어지므로 간이 나쁜 사람은 반드시 활성형을 먹어야 한다고 했으나 그것도 최근 간경변 환자에게 비활성형 B100을 투약하여 급 호전되는 사례를 발견하고 사실과 다르다는 것을 확인하였다.

티아민은 주로 곡류의 씨눈에 다량 함유된 것으로 알려져 있다. 쌀을 도정하면 씨눈이 깎이므로 현미를 먹어야 한다지만 현미는 소화 흡수율이 낮아서 반드시 꼭꼭 씹어 먹어야 그 의미를 살릴 수 있다. 티아민은 체내에서 탄수화물 대사를 비롯한 에너지 대사에 보효소로 작용한다. 특히 설탕과 같은 당분 대사에 B1이 많이 소모된다.

에너지 대사의 보효소!! 비타민B1이 부족하면 잘 먹는데도 늘 기운이 없고 면역력이 떨어질 수 있다는 뜻이다. 마늘 주사나 피로회복제 비타민B군(B1이 주성분) 섭취만으로 반짝 효과를 보는 사람들이 많은 것은 현대인의 식생활에 정제된 밀가루 도정된 하얀 쌀밥, 설탕이 주류를 이룬다는 것을 단적으로 보여 준다.

B2(리보플라빈)

비타민제를 먹으면 소변이 노랗게 나오는 것을 경험해 보았을 것이다. 그 노란색의 정체가 1번부터 12번 중에 2번이라는 것을 아는 사람은 많지 않다. 다른 비타민은 원료 분말이 모두 흰색

(B12 시아노코발라민은 연한 보라색이지만)인데 리보플라빈을 섞는 순간 그 많은 부피의 흰 분말이 샛노란 색으로 바뀐다. 체내에서 **지질대사**에 관여하는 것으로 알려져 있고 부족하면 구각염이라고 하여 입술 가장자리가 찢어지는 증상이 생긴다고 한다.

오래 전 나는 약국에 찾아온 아주 심한 지루성 피부염 환자에게 리보플라빈 고함량 제제(당시에는 대웅제약에서 나온 노란 알약 '하이본')를 중심으로 비타민 요법을 시행하여 좋은 경과를 얻은 적이 있다. 기름기 과잉으로 인한 대표적인 염증이 지루성 피부염인데 단지 리보플라빈으로만 치료를 기대하기는 어렵고 B3인 니코틴산 아미드, B5 판토텐산칼슘도 추가해야 한다. 요즘은 B100 제품이 있어서 당시에 쓰던 하이본보다 더 쉽고 효율적으로 지질대사이상을 치료할 수 있다.

식품으로는 육류와 소간에 많이 들어 있다. 고기라고 하면 기름기가 없어 보이는 빨간 살코기라고 해도 기름이 아주 많다. 모두들 단백질 덩어리인 줄 아는 빨간 살코기가 실은 염증을 유발하는 불포화지방산인 아라키돈산을 듬뿍 담고 있다는 것.

수년 동안 저녁마다 스테이크를 먹으며 외로운 마음을 달래다가 심각한 심장질환에 걸린 여인이 나를 찾아온 적이 있었다. 생기산으로 좋은 효과를 보았지만, 아라키돈산이 단지 피부염증만 일으키는 것이 아니라 혈관을 막히게 한다는 새로운 사실을 알게 해 준 사례였다. 살코기에 기름 대사에 필수적인 리보플라빈이 많이 함유된 것은 참 신비롭고 다행한 일이지만 현대인은 그 리보플라빈으로 감당하기 어려울 정도로 많은 양의 고기를 먹고 있어서 문제가 되는 것 같다.

B3 니코틴산 아미드, 혹은 니아신(나이아신)

비타민B군 중에서 혈중 콜레스테롤을 낮추는 것으로 가장 유력시되는 성분이 3번 니아신이다. 고지혈증이 큰 고민인 요즘 세대에 가장 주목받을 만한 B3 번은 크게 니아신과 니코틴산아미드, 이렇게 두 가지로 나뉜다. 혈중 콜레스테롤을 낮추는 직접적 효과는 니아신이라고 하지만 같은 목적으로 니코틴산아미드도 쓸 수 있다. 니아신은 해외직구 제품으로 접할 수 있으나 고용량에서 간독성 보고가 있고 모세혈관을 순간적으로 확장하여 복용 직후에 술 마신 사람처럼 얼굴이 화끈거리는 이른바 플러시 효과가 있어서 불편하다. 직구 제품 중에 NO FLUSH라고 적힌 문구가 있는 것은 플러시가 없도록 만든 니아신이라는 뜻이다.

비타민 전문 약국을 했던 25년 전 나는 이 니아신을 구입해서 먹어본 적이 있다. 하얀 니아신 분말을 한 스푼 먹고 나면 2~3분 안에 얼굴과 팔과 무릎에 따끔거리며 플러시 현상이 생겼는데,

남들은 경험해 보지 못할 실험을 해보는 신비로움은 있었지만 단지 그뿐 별다른 효과는 없었다. 블로그나 유튜브 내용 중에서 간독성 있는 비타민이라고 사람들을 놀라게 하는 것은 대부분 니아신을 언급하는 것들이다.

비타민에 간독성? 여러 사람을 놀라게 할 이런 문구는 그다지 순수해 보이지 않는다. 국내 B군 제품에는 모두 니아신이 아닌 니코틴산아미드만 들어있을 뿐이고 정작 니아신의 간독성도 확증된 것은 없이 의심만 하는 단계이므로 거론하는 것 자체가 의미는 없다. 이처럼 사실이 아닌 흥미 위주의 영상이나 글 때문에 비타민에 간독성이 있다는 것으로 오해될 소지가 있어 안타까운 마음이 든다.

건강검진에서 '이상지질혈증', '대사이상', '대사증후군' 등 낯선 증상들을 의사로부터 듣다 보면 걱정이 생긴다. 고지혈증은 혈액 중에 기름 성분인 TG, LDL이 높은 질환으로 당뇨나 혈압은 아니지만, 성인병의 하나로 자리 잡은 현대인의 기름 증후군인 것이다. 병원에서 고지혈증을 문제 삼는 것은 혈중 콜레스테롤 수치가 높아지면 혈관이 좁아지거나 막히는 동맥경화로 이어질 확률이 높다는 가설 때문이다. 이것은 미국 미네소타 대학의 안셀키즈 박사가 1953년 발표한 것으로 60년이 넘은 지금도 정설이 아닌 가설일 뿐이지만 이미 의학계 전반과 제약계에서는 스타틴 같은 약물을 동원하여 콜레스테롤 수치를 낮춰야 혈관이 건강하게 되는 것으로 알려져 있다. 아주 소수의 심장 전문의와 약사, 대체의학 연구가들만이 고지혈증 치료약물인 스타틴의 위험성, 그리고 혈관 개선 효과가 없다는 임상 증거들을 제시하고 있다.

이런 상황에서 비타민 B3 중 특히 니코틴산아미드 고용량 요법은 희소식이다. 니코틴산아마이드 500밀리 제품이 국내에도 출시되어 누구나 알 만한 사람은 해볼 여건이 되어 있다. 나는 생기산과 비타민 요법으로 혈관을 청소하는 즐거운 일을 하느라 아직 니코틴산아미드 500밀리 요법은 써 본 적이 없지만 이미 여러 전문적 임상실험 결과들이 축적되어 누구라도 해 보라고 권유하고 싶다. 단, 고지혈증에 니코틴산아미드 500밀리를 쓸 때는 비타민B 요법에서 항상 강조하는 대로 B군 전체가 고루 든 B100 제품을 같이 써야 한다.

혈중 지질과 관련된 이야기 외에도 원론적으로 비타민 B3는 체내 에너지 대사의 기본이다. 당질, 지질, 단백질을 원료로 에너지를 생산할 때 NAD, NADP, NADPH의 형태로서 보효소로 작용하고 트립토판이라는 아미노산의 원료가 되기도 한다. B3가 부족하면 '펠라그라병'이라고 하는 심각한 피부질환을 앓게 된다. 피부를 촉촉하게 하고 신경전달에 관여하며 스트레스 호르몬인 스테로이드 합성에도 관여한다.

식품으로는 생선, 육류, 간에 풍부하다. 앞서 B2 리보플라빈이 육류에 풍부한 것이 고기를 먹었을 때 과잉으로 쌓일 기름을 처리하기 위한 것이 아닌가 생각되는 것처럼 B3가 풍부한 음식도 모두 기름이 많은 특징을 갖고 있다. 기름을 치료하려고 천연 상태에서 비타민을 섭취하려니 또 기름 많은 고기를 먹어야 하나 고민할 필요 없이 보충제로 섭취할 것을 권한다. 이미 질병이 생겼다면 천연의 음식으로 치료하기 어려운 단계에 있는 것이다. 얼마나 다행인가? 우리에겐 비타민 보충제가 있다!!

B5 (판토텐산 칼슘)

이름 때문에 칼슘으로 오인되기도 하지만 칼슘이 아닌 비타민, 특히 항 스트레스 작용의 비타민이다.

스트레스를 받으면 콩팥의 머리 부분인 부신에서 스테로이드 호르몬이 분비되는데 B5가 여기에 관여한다. 신경이 예민한 사람이 B5 보충만으로 효과를 보기도 하는 것은 부신피질 호르몬 외에도 뇌의 신경전달물질인 아세틸콜린에 관련된다.

간 보호 작용(숙취를 일으키는 아세트알데히드를 해독), 성호르몬 생성, 피지 억제 효과로 여드름 개선에 쓰이며 콜라겐 합성에 관여하여 피부와 머리카락을 좋게 하는 영양제이기도 하다. 부족하면 탈모가 생기므로 탈모치료제로 응용하기도 한다.

부족을 메우기 위해 쓰는 비타민으로 생각하면 종합영양제의 함량으로 만족하겠지만 이 책을 보는 독자라면 과잉증 염려 없는 메가도스의 혜택을 받을 준비가 되어있을 것이다. 그렇다면 B5의 효능을 별개로 하여 단독 고용량을 쓰기보다 모든 B의 공통 작용으로 이해하는 것이 B 고용량의 효과를 제대로 누리는 방법이다.

B6 (피리독신)

나는 생리 전 증후군(PMS) 논문에서 처음 이 비타민 이야기를 접했었다. 1일 100밀리 이상 수 백 밀리에 이르는 실험에서 탁월한 효과를 보인 피리독신 사례들은 흥미로움 그 이상이었다. 통증에도 여러 사례가 있었는데 특히 중국 음식 증후군(Chinese restaurant syndrome : 여기서 간략히 CRS라고 하자)이라 하여 중국 음식을 주로 먹는 사람들에게 나타나는 관절, 근육 통증에 치료 목적으로 사용한 것이 인상적이었다. CRS는 중국 음식에 많이 들어간 조미료가 원인으로 글루탐산 나트륨 독성 때문이었다. 피리독신은 이런 독성을 잘 제거하는 제독효과가 있었던 것이다. 비타민B를 아이들에게는 성장촉진 영양제로 쓰지만, 중장년층에게는 노폐물을 제거하는 제독 목적으로 사용한다고 말한 것은 이런 사례에 근거한다.

벌써 알아챈 사람도 있겠지만 PMS나 CRS 모두 통증이 문제이다. 피리독신은 통증에 특히 효과가 있다고 한다. 비타민B군 효능 설명인 '통증, 구내염, 피로회복'에서 통증은 특히 B6 피리독신이 주도적으로 나타낸다고 볼 수 있다.

다른 B군과 마찬가지로 체내에서 단백질과 탄수화물, 지방 대사에 중요하며 독성의 대사산물인 호모시스테인을 중화시키는 역할을 한다. 또한 아미노산으로 호르몬을 만드는데 트립토판으로 행복 호르몬인 세로토닌을, 티로신으로 도파민을 만들고 히스티딘으로 히스타민을 만드는 중요한 역할을 하는 것으로 알려져 있다.

적혈구, 백혈구 생성에도 피리독신은 아주 중요하다. 결핵약을 비롯한 여러 약물이 피리독신을 소모시켜 결핍증을 일으키는 것은 공인된 사실이어서 아예 피리독신 단독 제제(50밀리 함유)를 같이 처방하기도 한다. 피리독신은 B1 티아민과 함께 활성형 논란이 있는 비타민이다. 활성형이 더 효과가 있다고 하는 자료도 있지만, 티아민이나 시아노코발라민에서와 마찬가지로 실제 임상에서는 활성형과 비활성형이 거의 차이가 없었다고 볼 수 있다. 시중에 나온 비타민 제품들도 피리독신의 활성형을 함유한 것은 찾아볼 수가 없었다. B1, B2, B3, B5, B9, B12의 효과도 모두 피리독신의 단독효과와 교차되는 것으로 결국 B는 서로 다르지만 하나라고 보아야 한다.

B7 (비오틴)

비오틴은 번호를 붙이기보다 이름 자체로 더 잘 알려져 있다. 손톱, 발톱을 윤기 있게 하고 머리카락을 건강하게 하는 작용으로 탈모치료제로도 사용된다. 비오틴을 단독 성분으로 한 제품도 있지만, B군의 하나이므로 B100 제품으로 최소 100 내지 500까지 함유된 효자 제품을 고를 수 있다.

B9 (폴산=엽산)

기형아 예방과 빈혈치료제로 쓰인다. 흔히들 엽산이라고 하지만 정식명칭은 폴산으로서 단독제품에 함량표시가 600~800 마이크로 그람인데 B100 제품으로 고르면 500 마이크로 정도 함유된 것도 있다. 폴산은 핵산의 합성, 그러니까 유전 정보체로서 DNA, RNA의 합성에 필수적 물질이다. 혈구 세포의 생산에도 필수적이며 호모시스테인이라고 하는 독성물질을 줄이고 메티오닌이라는 아미노산의 농도는 높이는 작용을 한다. 이런 작용들의 결과가 빈혈 치료, 기형아 예방효과이다.

기형아 예방 목적으로 예비 엄마 아빠가 복용할 때라도 단독제품보다 B100을 선택하면 입덧 예방 효과까지 덤으로 얻을 수 있다.

빈혈약 중에서 품질이 좋은 제품은 B9 폴산과 B12 시아노코발라민까지 같이 함유하고 있다. 빈혈은 피가 부족한 것이므로 단지 철분만 결핍 상태가 아니라 총체적 영양실조의 결과로 보아야 한다. 빈혈약에 폴산과 시아노코발라민이 함유된 것은 B군이 중요하다는 뜻으로 해석할 수 있다. 빈혈 치료를 원한다면 질 좋은 빈혈치료제에 비타민B와 단백질, 비타민C까지 공급해 주어야 한다.

B12 (시아노코발라민)

붉은 비타민이라는 별명에서 알 수 있듯이 보랏빛이 감도는 비타민이다. 폴산과 함께 적혈구 생성에 중요하며 부족하면 악성빈혈을 일으킨다. 코발트 금속이온을 포함하여 코발라민이라는 이름이 지어졌다고 한다. 위장에서 시아노코발라민을 흡수하지 못하는 사람은 악성빈혈 치료를 위해 주사로 투입해야 한다.

위염이나 역류성 식도염 치료를 위해 처방하는 약 중에서 전문용어로 PPI 제제와 제산제는 시아노코발라민의 흡수를 저해하여 장기 복용 시에 악성빈혈을 유발할 위험이 있다. 위장약을 위장을 보호하는 좋은 약이라 생각한다면 위험하다.

당뇨병의 합병증으로 신경증상이 생겨 사지가 저리고 아픈 경우에 시아노코발라민이나 그 활성형인 메코발라민을 처방하기도 한다. 굳이 당뇨병이 아니어도 디스크 협착증이나 기타 질환으로 저리고 아픈 통증에 메코발라민을 쓰기도 한다. 이 경우에도 메코발라민 단일 성분보다 비타민 B100을 쓰는 것이 훨씬 효과가 좋다. 만일 메코발라민을 처방받은 환자라면 그 처방약과 더불어 비타민 B100을 같이 복용하면 좋다.

3. 염증을 치료하는 기름
- 오메가3와 감마리놀렌산

지글지글 부침개, 감칠 맛 나는 스테이크, 길거리 핫도그는 모두 기름진 음식들이다. 아이들이 좋아하는 과자도 기름과 설탕을 빼면 만들 수가 없다. 기름은 고소함으로 우리에게 먹는 즐거움을 선사하는 한편, 신체 생리 반응에도 아주 중요한 역할을 한다. 기름의 중요한 생리적 기능을 설명할 때 가장 흔한 예시가 세포막의 구성성분인 콜레스테롤이다.

신체를 구성하는 총 50조 개의 세포는 가만히 있는 것이 아니라 저마다 주기대로 새로운 세포로 교체되는데 근육과 뇌신경, 뼈와 혈액이 모두 3년 정도면 완전히 다른 세포로 바뀐다. 머리카락이 자라듯이 몸의 세포가 새것으로 교체되는데 이때 세포막의 구성성분인 콜레스테롤이 꼭 필요하다.

건강검진에서 고지혈증으로 진단받는 사람은 동맥경화를 예방할 목적으로 스타틴이라는 약물을 처방받는데 이것은 혈액 속에 넘치는 기름인 콜레스테롤을 걸러내는 착한 약이 아니라 간에서 이루어지는 콜레스테롤 합성을 차단한다. 고지혈증 약물을 쓰면 우선 혈중 콜레스테롤 수치는 떨어지지만 신선한 콜레스테롤 부족으로 신경과 근육막이 파괴되어 통증과 기억력 저하, 우울감, 피로감 같은 부작용이 올 수 있다. 콜레스테롤은 성호르몬과 비타민D의 원료이기도 하다. 우울감과 피로감, 통증으로 힘든 사람이 고지혈증 진단을 받고 스타틴 약물을 먹게 되면 자살 충동에 시달리거나 치매 위험에 고스란히 노출된다고 한다. 콜레스테롤은 이처럼 기름의 역할이 얼마나 중요한지 짐작하게 한다. 기름 중에서 면역체계와 생명 유지에는 필수적이지만 체내 합성이 되지 않아 반드시 음식으로 섭취해야 하는 것을 필수 지방산이라고 한다.

서론이 길어졌지만, 오메가3나 오메가6는 생명 유지에 꼭 필요한 필수지방산이다. 오메가3는 다시 EPA와 DHA로 나뉜다. 좋은 오메가3를 고르는 방법은 EPA와 DHA의 합으로 얼마나 높은 순도를 갖는 지로 판단한다. 오메가6는 주방에 흔한 참기름, 콩기름, 해바라기 기름을 생각하면 이해가 쉽다. 전문용어로는 리놀레산. 리놀레산은 체내 일정 과정을 거쳐 감마리놀렌산으로 전환될 수 있다. 오메가6지방산에는 리놀레산 외에 아라키돈산이라는 것도 있다. 아라키돈산은 붉은 살코기에 많은 동물성 기름으로 고기를 많이 섭취하는 아이들, 현대인들에게는 오히려 만성 염증의 원인으로 지목되고 있어서 여기서는 논외로 한다.

필수 지방산이라는 좋은 이름을 갖지만, 오메가3나 오메가6는 모두 쉽게 산화되는 위험이 있다. 참기름이 좋다거나 들기름이 오메가3라고 강조하는 유튜브나 블로그 내용은 얼마나 우리를 솔깃하게 하는가? 멀리 외딴 시골 청정지역까지 가서 재료를 구입하고 방앗간에 수 시간씩 지키고 서서 추출과정까지 감독하여 만든 기름을 주방에 혹은 냉장고에 가득 넣어두고 뿌듯해하는 분들께 나는 무슨 말을 해야 할지 난감해지곤 한다. 이들 기름이 얼마나 산패가 잘 되는지 이미 방앗간에서 추출하는 중에 성질이 바뀌어 더 이상 우리가 원하는 그 필수지방산 오메가6나 오메가3가 아닌 상태가 되기 십상이기 때문이다. 오메가3와 마찬가지로 오메가6도 필수지방산으로서 효과를 누리는 섭취 방법은 결국 건강기능식품 형태로 하여야 한다.

(1) 독특한 기름 치료자, 감마리놀렌산

감마리놀렌산은 오메가6 기름 중에 남다른 치료효능이 있는 성분이다. 시중에 보라지유나 달맞이꽃 종자유로 나와 있으며 식물성 기름으로서 무색, 무미, 무취인 것이 오메가3와 다른 점이다.

1) 효능

① 체내에서 프로스타글란딘이라는 물질과 관련하여 점막과 피부를 튼튼하게 한다. 아토피 피부염이나 알레르기 질환, 위 점막이 헐어 있는 위염 치료에 효과가 좋고 여성들의 질

점막 건조증에도 쓴다.

② 어린아이들 중 특히 남자아이가 지나치게 산만한 과동증(주의력 결핍증)이라면 감마리놀렌산과 비타민B를 투여해 볼 만하다.

③ 여성들의 생리불순, 생리통에 감마리놀렌산이 치료 효과가 크다.

④ 피부가 거칠고 염증이 잘 생긴다면 감마리놀렌산과 오메가3를 같이 써 본다.

2) 복용법 - 순수 감마리놀렌산으로서 500밀리 이상 먹어야

감마리놀렌산으로서 아토피 환자에게 처방되는 의약품인 에포감은 함량이 낮아서(캡슐당 40밀리) 치료 효과가 미미하다. 감마리놀렌산 복용의 핵심은 하루 용량 최소 500밀리 이상을 섭취해야 한다는 것이다. 이것은 캡슐 용량이 아니라 우리가 원하는 성분인 순수 감마리놀렌산을 기준으로 한 값이다.

감마리놀렌산은 오메가3보다 순수 성분 추출이 어려운 관계로 순도가 많이 떨어진다. 겉보기에 1000밀리인 캡슐 안에 순수 감마리놀렌산은 고작 수십 밀리에서 높아야 240밀리 정도이므로 잘 살펴보아야 한다. 되도록 캡슐당 순수함량 240밀리 이상인 것을 선택하여 원치 않는 잡기름의 섭취를 줄여야 또 다른 염증을 예방할 수 있다.

3) 주의사항

감마리놀렌산 안에 다른 기름이 섞여 있어서 원치 않는 또 다른 염증을 일으킬 수 있으므로 반드시 오메가3를 같이 복용하여야 한다. 반드시 동시 복용은 아니어도 하루 중에 때를 달리하여 복용할 수 있다. 비율은 각각 순수 성분 기준으로 감마리놀렌산 500밀리라면 오메가3 1000~2000밀리 정도가 좋다. 이 비율은 개인마다 다를 수 있어서 절대적인 수치는 아니다. 종전에 3대 1이라고 한 것은 겉보기 캡슐 용량 기준이니 혼동 없으시기 바란다.

(2) 오메가3 효능과 좋은 제품 고르는 방법

북극 지역에 사는 에스키모인들에게는 심장병이 없다는 사실을 추적 조사하여 찾아낸 것이 오메가3라고 한다. 깊은 바다에 사는 물고기에 많은 이 기름은 우리 주변에서 흔히 보는 들기름, 참기름처럼 상온에서 액체 상태의 불포화지방산으로 공기 중에 노출되거나 조리하는 과정을 거치면서 쉽게 산패된다. 에스키모인이란 '날고기를 먹는 사람들'이라는 뜻이다. 그들은 이름의 뜻처럼 조리 과정이 없이 날고기를 먹는 식생활 습관으로 자연스럽게 오메가3를 많이 섭취하게 되어 심장병이 없었다고 한다.

오메가3는 육상식물이나 동물에서는 잘 찾아보기 힘들 뿐 아니라 조리하거나 추출하는 과정에서 변질되기 쉬워 건강기능식품으로 섭취하여야 한다. 혈액을 묽게 하고 중성지방 수치를 떨어뜨리는 작용이 인정되어 근래에는 의사의 처방으로 건강보험 적용을 받을 수 있는 약품의 자격을 취득한 귀한 몸이 되었다.

오메가3가 혈액을 묽게 하는 작용이 있는 것은 아주 특별한 의미를 지닌다. 처방의약품으로 항혈전제라고 하는 아스피린이나 기타 전문의약품들은 피를 묽게 하는 한편 한결같이 혈관을 약하게 하는 치명적인 부작용이 있다. 협심증이나 심근경색, 뇌경색은 모두 혈관이 딱딱하게 굳으면서 좁아진 상태인데 항혈전제로 피를 묽게 하면 좁아진 혈관으로 혈액이 흘러 응급상황을 피할 수 있지만, 혈관 벽을 약하게 하여 출혈이 일어나면 예기치 않은 치명적 부작용이 초래된다. 이를테면 뇌출혈, 위장관 내 출혈로 피가 고여 죽음의 문턱까지 가는 경우도 있다.

오메가3는 혈관을 약하게 하는 부작용 없이 혈전을 예방하여 혈관이 좁아진 환자의 혈행 개선에 기여하기 때문이다. 오메가3의 또 다른 장점은 염증의 예방 치료이다. 관절염이나 피부염, 알레르기 치료에 모두 오메가3의 효능을 기대해 볼 수 있다.

1) 좋은 제품 고르는 방법

오메가3는 DHA와 EPA의 합으로 되어 있다. 시중의 제품을 보면 앞면에 캡슐 용량이 표기되어 있어 마치 오메가3의 순수 함량인 것 같지만 반드시 측면에 작은 글씨로 적힌 EPA와 DHA의 합이라는 표기를 확인해야 한다. 1000밀리 캡슐에 실제 DHA와 EPA의 합은 500 정도에 그치는 경우라면 50%만 우리가 원하는 성분이고 나머지는 잡기름이므로 좋지 않다. 그러니 90% 이상인 제품을 고르는 것이 좋다.

함량 외에 한 가지 더 살필 것은 rTG라는 표기이다. 본래 오메가3는 자연 상태에서 TG형태라고 한다. 이것은 흡수는 잘 되지만 순도가 낮아 기능식품으로 질은 떨어진다. TG형태를 가공하여 순도를 높인 제품이 EE형태이다. 병원 처방으로 살 수 있는 오메가3는 모두 EE형태라고 보면 된다. 이것은 순도는 높으나 흡수율이 낮은 문제가 있는데 흡수율과 순도를 모두 개선한 3세대 오메가3가 rTG형태이다.

2) 오메가3 복용 시 주의 사항

혈액을 묽게 하는 작용이 있어서 병원 처방약 중 항 혈전제(예를 들어 아스피린, 협심증 환자나 뇌경색 환자에게 처방되는 피를 묽게 하는 약물들)를 같이 먹는 것은 주의를 요한다. 오메가3

만으로는 지혈이 안 되는 낭패를 보는 일이 적지만 이미 항혈전제를 복용 중이라면 처방 약물의 효과와 중복되어 조정이 필요할 수 있다.

오메가3뿐 아니라 몸에 좋다는 식품이나 약을 오래 보관할 목적으로 냉장고나 냉동실에 넣어 두는 분들이 있다. 약은 냉장 보관이라고 적혀있는 경우가 아니라면 모두 실온 보관이 원칙이다. 특히 오메가3나 감마리놀렌산, 레시친 등은 기름 종류이므로 냉동시키면 산패 우려가 커진다. 섭씨 30도 이하 직사광선이 없는 서늘한 장소에 보관하는 것이 가장 좋다.

5장

스트레스를 이기는 비밀병기

…

5장 스트레스를 이기는 비밀병기

"엄마 손을 잡고 학교에 가는 기분으로 공부했어요."

고시 최연소합격자의 수기에 나온 말이다. 삶의 고비와 넘지 못할 높은 벽 앞에서 그는 어렸을 적에 잡았던 따뜻한 엄마의 손을 생각하면서 수많은 어려움을 극복한 것이다. 엄마 손은 어떤 느낌일까? 엄마의 손은 언제나 힘들 때 내 손을 잡아주고, 슬퍼서 흘리는 눈물을 닦아주는 따뜻함이 있다.

엄마는 아기가 처음 만나는 세상에서 가장 포근한 품을 가진 천사이다. 아기는 엄마의 품에 안겨 자라면서 돌봄을 받는다. 아기가 조금씩 엄마 품을 떠나 친구를 사귀고 힘든 세상에서도 주눅 들지 않고 살아갈 용기를 얻는 것은 모두 엄마에게서 받은 사랑의 기억 속에서 성장한 덕분이다. 엄마와 아기라는 관계와 그 친밀함이 아이의 일생을 통한 도전과 위험을 감수할 수 있도록 안정감을 주기 때문이다. 학교에 처음 입학했을 때를 기억해보자. 아이에게 학교는 설레지만 두려운 도전을 해야 하는 곳이다. 그 때 잡았던 엄마의 손은 우리를 새로운 세계로 이끌어 주는 도움의 손길이었다.

세상에는 엄마의 손과 같이 우리 마음을 편안하게 해주는 울타리들이 있다. 스트레스에 눌려 몸과 마음이 상한 사람에게는 이 울타리를 세워 안정감을 높여 주는 것이 중요한 치료법이다.

1. 로제토 마을 이야기

… 말콤 글래드웰의 아웃라이어 중에서

미국 펜실베니아주 뱅고어 인근 울퉁불퉁한 언덕배기에는 좁다란 길 양편으로 함석지붕을 얹은 이층집들이 다닥다닥 붙어 있다. 언덕 중심부에는 '카르멜산의 성모'라는 이름의 성당이 있고 그곳을 중심으로 이어지는 마을의 중심 거리가 있는데 사람들은 이 길을 이탈리아 통일운동에 헌신한 영웅의 이름을 따서 '가르발디로'라고 불렀다. 19세기 말 이탈리아 로마 근처 '로제토'라는 마을에 살던 농노들이 이곳으로 새 희망을 찾아 집단으로 이주해 온 것이다. 말하자면 로제토 마을이 통째로 펜실베니아로 이주해 온 셈이었다.

모든 것이 열악했던 신대륙 개척지에서 처음 이주해온 사람들의 생활은 고단함 그 자체였다. 꽤 오랜 시간 동안 가난과 척박한 환경이었던 이 마을은 1896년에 새로 부임한 성당 신부님의 열정적인 지도로 조금씩 나아지기 시작했다. 마을 사람들은 깨끗하게 마을을 정돈하고 집 뒷마당에는 과일나무를 심었다. 텃밭에는 양파와 콩, 감자와 멜론을 키우고 늘 즐겁고 기쁜 마음으로 함께 신앙생활을 한 덕분에 이 곳은 작은 마을이었지만 어느새 나름대로 자신들만의 전통을 이어가는 공동체로 만들어 갈 수 있었다.

이 작은 마을이 세상에 알려지기 시작한 것은 1950년대 후반 스튜어트 울프라고 하는 의사 때문이다. 그는 오클라호마 대학에서 강의하고 있었는데 우연히 이 마을의 65세 이하 사람 중에는 심장마비 환자가 없다는 말을 전해 듣고 이 마을을 찾아온 것이다. 1950년대는 지금과 같은 콜레스테롤 저하제나 심장병 치료법이 나오기 전이었으므로 이 마을에만 유독 미국 내 사망원인 1위인 심장마비 환자가 없다는 것은 참 이례적인 일이었다. 정말 그럴까? 의구심을 품은 울프는 오클라호마 대학 제자들과 연구진의 도움을 받아 1961년부터 로제토 마을 사람들 전체를 대상으로 검사를 시작했고 그 결과는 놀라웠다.

로제토 마을에 사는 55세 이하의 주민 중에는 그 누구도 심장질환으로 죽지 않았으며 이 질환의 흔적조차 없었고 65세 이상에서도 심장마비 사망률이 미국 전체평균의 절반에도 미치지 않았다. 연구에 참여한 학생들이 마을의 가정들을 일일이 방문하여 조사해 보니 그들은 부유하게 살고 있지는 않지만, 알코올이나 약물중독자가 없었고 범죄율과 자살률도 매우 낮았다. 그 외에도 미국인에게 흔하게 볼 수 있는 소화성 궤양도 발견되지 않았다. 한마디로 로제토 사람들은 '제 수명을 다하고 죽는다'는 것이다.

이제 연구팀은 로제토의 건강 장수의 비결을 찾아 보기로 했다. 이 마을 사람들은 다른 지역과는 달리 무슨 특별한 건강식을 먹고 있은 것은 아닐까? 아니면 식자재를 키우는 토양이 특별할 수도 있다. 이 지역의 물이 건강 장수의 비결일 수도 있고 로제토 사람들이 유전적으로 특별한 소인을 가진 덕택일 수도 있다. 그러나 연구팀은 그 어떤 이유도 찾을 수가 없었다. 그들에게는 특별한 무언가가 없었다.

음식만 보아도 이들은 이탈리아 본토에서 먹던 몸에 좋은 올리브유 대신에 돼지기름으로 요리를 해서 먹었다. 그리고 이탈리아에서는 소금, 기름, 토마토, 엔쵸비 혹은 양파를 얹은 바싹하게 구운 피자를 먹었지만 펜실베니아로 와서는 넓은 빵 위에 소시지, 페퍼로니, 살라미, 햄 그리고 가끔 달걀을 얹은 피자를 먹었고 1년 내내 단것을 먹었다. 게다가 이들은 지방 섭취 비율도 높아서 칼로리의 40% 이상을 지방에서 얻고 있었다. 그렇다고 요가나 조깅 같은 운동을 하는 것도 아니고 비만과 싸우며 담배를 뻑뻑 피우기도 하였다. 그렇다면 다른 지역 사람들과 획기적으로 차이 나는 그들만의 건강 비결은 과연 무엇일까?

이 지역을 연구하던 울프는 어느 날 마을을 거닐다가 우연히 한가지 비밀을 알게 되었다. 그것은 발견이라기보다는 깨달음에 가까운 것이었다. 로제토 사람들은 서로의 집을 자유롭게 방문하고 길을 걷다가 아는 사람을 만나면 그 자리에 서서 여유롭게 잡담을 나눈다. 그리고 뒤뜰에서 음식을 만들어 이웃들과 함께 나눠 먹는다.

알고 보니 로제토는 마을 전체가 확장된 가족집단이었다. 한 지붕 아래 3대가 모여 살기도 하고 노인은 젊은이에게 존경받으며 부유한 사람도 가난한 사람도 서로 도우며 의지하고 사는 평등적 공동체 의식을 갖고 사는 것이다. 이와 같은 정서적 정신적 안정을 주는 유대관계가 로제토 사람들을 현대사회의 압박으로부터 지키고 건강한 삶을 살도록 안전망이 되어준 것이었다.

1960년대만 해도 장수의 비결은 우리가 어떤 유전자를 가졌는지에 좌우된다는 것이 학계의 주류였다. 이런 통념에 맞는 자연과학적 이론을 기대했던 의료계에 대해 '사회공동체적 안전망이 로제토의 비결이었다'는 울프의 연구발표는 그 당시 많은 비판과 빈축에 시달려야 했다.

근래 우리 주변에 고지혈증 진단을 받은 사람들이 많아지고 있다. 혈액에 기준치 이상의 콜레스테롤이 검출되면 혈관이 막혀 심장질환이나 뇌경색의 우려가 있다. 그 때문에 고지혈증 진단을 받게 되면 대개 병원에서 치료 약을 처방 받아 복용하게 된다. 이 치료약물은 주류가 **스타틴**이라고 하는데 이 성분은 콜레스테롤 수치를 떨어뜨리는 확실한 효과가 있지만 다음과 같은 부작용이 있다.

< 콜레스테롤 약물의 부작용>

첫째, 간독성이다. 콜레스테롤이 간에서 주로 합성되는데 그 작용기전을 차단하므로 약을 복용한 후 소변 색이 짙어지거나 소변량이 감소하지는 않는지 혹은 심한 피로감이 있는지 예후를 잘 살펴야 한다. 둘째, 태아 독성이다. 콜레스테롤은 태아 발달에 꼭 필요하므로 임부는 당연히 복용해서는 안 된다. 셋째, 횡문근융해증과 근육통이다. 근육막을 녹이는 횡문근융해증이라는 근육질환으로 근육통을 일으킨다. 넷째, 코엔자임 큐텐 합성차단이다. 근육운동에 필수적인 코엔자임 큐텐이라는 성분의 합성을 차단한다.

코엔자임 큐텐은 따로 설명이 필요한 중요한 영양소인데 대략 언급하자면 강력한 항산화제이면서 근육운동에 필수적인 지용성 물질이다. 20대까지는 체내에서 많이 합성되다가 점차 합성량이 줄어들면서 노화의 원인이 되고, 주름을 예방하는 효과가 있어서 화장품 원료로도 친숙하다. 무엇보다 근육운동에 필수적인 영양소로서 근육 덩어리인 심장의 정상적인 기능에 중요한 성분이다.

그런데 스타틴 약물이 콜레스테롤 합성을 차단하면서 동시에 심장 정상화에 꼭 필요한 코엔자임 큐텐 합성을 차단하므로 심근경색이나 협심증을 예방하려는 스타틴 약물 본래의 취지가 무색해져 버린다.

그래서인지 최근에는 스타틴 약물을 무분별하게 처방하는 것에 대해 반대하는 의견도 있고 심지어 어떤 미국의 유명 심장 전문의는 스타틴 약물이 심장병 예방에 전혀 유익하지 못하다는 반론도 제기하고 있다. 그러나 아직은 이런 부작용에도 불구하고 콜레스테롤 합성을 차단하는 약을 먹어야 한다는 것이 의학계의 입장이므로 고지혈증이 있는 사람들은 진단과 상담 후에 처방을 받아야 한다.

그러면 부작용 문제는 어떻게 하면 좋을까? 예방책으로 시중에 나와 있는 코엔자임 큐텐 보조제와 비타민 B 고함량 제품을 섭취할 수 있다. 다만, 가짓수가 늘어난 약을 먹는 번거로움, 그리고 막연한 두려움은 우리의 몫이 된다.

이런 상황에서 로제토 마을 이야기는 한층 신선하게 들린다. 스타틴 약물 없이도 로제토는 심장병 걱정에서 벗어났다. 뚱뚱한 로제토인들은 스타틴 약물보다 강력한 치료 효과를 지닌 단란한 밥상, 화기애애한 관계의 은총 속에 살았던 것이다.

2. 가족 밥상과 행복호르몬

… SBS스페셜 '밥상머리의 작은 기적' 중에서

< 일본의 혼밥문화 >

'구토 금지!!'라고 적혀 있는 푯말이 곳곳에 붙어 있는 5평 남짓한 허름한 건물 2층에 30~40대의 직장인들이 각자 도시락을 가지고 모인다. 각기 다른 연령대의 다른 직종에 종사하고 있지만, 단순히 서로 먹는 것을 지켜봐 주고 잘 먹는다고 칭찬해 주려고 모인 이색적인 모임인 이곳은 이웃 나라 일본에서 식이장애를 가진 사람들을 치료하기 위해 만들어졌다. 모인 사람들은 자그마한 부엌이 딸린 이곳에서 삼삼오오 모여 요리를 하거나 식사를 같이한다.

일본에는 한 명씩 칸막이로 들어갈 수 있게 독서실처럼 꾸며 놓은 식당들이 많다. 그곳에 가면 혼자서도 남의 시선을 의식하지 않아도 되고 식당 직원들과도 얼굴을 마주치지 않아도 되니까 편하다고 생각하는 사람들이 많은 것이다. 그렇게까지 밥을 비밀스럽게 먹어야 하나 의아스럽기도 하지만 이런 개식(個食)문화의 본거지가 바로 일본인 것이다. 일본은 가족들이 함께 밥을 먹지 않고 각자 따로 알아서 챙겨 먹는 가정이 많다. 이러한 식사문화가 사회 전반에 만연하면서 요즘 일본인들의 신체적, 정신적 건강을 해치기에 이르렀다.

아야코도 예외는 아니어서 일본 대부분의 가정처럼 혼자서 밥을 먹는 것을 당연시 여기며 살았다. 집안에는 항상 음식이 있었으나 가족 모두가 따로 먹어서 가족 중에 누가 언제 무엇을 먹고 있는지 알 수가 없었다. 아야코는 사춘기 시절부터 거식증을 앓기 시작했다. 그 후로 20대의 대부분을 병원을 들락거리며 보냈는데 함께 먹는 식사 모임에 참석하고부터는 먹는 것에 대한 두려움에서 벗어나게 되었다고 한다. 아야코의 이야기는 단순히 거식증 한 가지 질병에 대해서만 말하는 것이 아니다.

'무엇을 먹느냐' 보다 중요한, '어떻게 먹느냐'의 식사문화가 개인의 신체적 건강뿐 아니라 정신적 건강과 직결된다는 것을 우리에게 가르쳐 주고 있다.

외향적으로 경제성장의 최고점을 찍었던 80년대 일본은 혼밥문화라는 덫에 걸려 도리어 많은 것을 잃어버릴 위기에 직면하였다. 그래서 생겨나기 시작한 것이 '밥 함께 먹기 운동'이다. 이 운동의 모델이 동시대를 살아가는 '한국의 밥상'이었다고 한다. 그런데 지금 우리는 어떠한가? 80년대의 일본처럼 지금 우리나라도 점차 혼밥문화가 자리 잡기 시작하고 있는 현실을 생각하면 뜨끔해지는 부분이 있다.

로제토 마을 사람들의 건강 비결에서도 볼 수 있었던 것처럼 그들의 문화는 함께 먹고 함께 어우러져 살아가는 정겨움에 있었다. 반대로 일본의 혼밥문화는 정신질환을 비롯해 사회 전반의 활력을 위협하는 암초처럼 어두운 결과를 만들어 내었다. 도대체 먹는다는 것이 무엇이기에 이처럼 극과 극의 갈림길을 만드는 것인지 생각해 보게 한다.

옥시토신이 뭐지?

가족 밥상이 행복한 이유를 호르몬으로 설명하면 '옥시토신'이다. 옥시토신은 '빠른 분만'이라는 뜻을 가진 자궁수축호르몬으로서 분만 직전에 산모의 체내에서 분비되어 출산을 돕고 수유할 수 있도록 준비시키는 역할을 한다. 그런데 최근 옥시토신이 여성뿐 아니라 남성에게도 분비되며 나이에도 상관없이 여러 가지 유익한 작용을 하는 것으로 밝혀지고 있다. 요컨대 혈압과 코르티솔 레벨을 낮추는 항 스트레스 효과가 있어서 고통을 참게 해주고 불안 치료제와 유사한 안정감을 주며 외부자극에 긍정적으로 반응하도록 한다는 것이다.

아이를 출산한 후, 산모뿐만 아니라 아빠에게도 옥시토신이 분비된다는 것은 더욱 놀라운 발견이었다. 아이를 함께 기르는 부모 모두에게 옥시토신은 모성애와 부성애를 불러일으키며 세상에 처음 나온 아기에게 안전한 보호막을 만들도록 한다.

나아가 옥시토신은 성장하는 아이에게도 안정감을 주는 호르몬이라고 한다. 아이들 체내에서 옥시토신이 분비된다는 말에 놀라는 사람도 있겠지만, 부모가 아이를 안아주거나 머리를 쓰다듬는 신체적 접촉을 할 때 또는 아이의 행동이나 말에 격려와 지지를 해 줄 때 아이의 뇌에서는 이 옥시토신이 분비된다. 옥시토신은 근육의 움직임 없이 순수한 심리적 이유로 더 많이 만들어지는 특이한 호르몬이다. 가족이 함께하는 식사는 이 좋은 옥시토신이 샘처럼 터질 좋은 여건이 된다.

초등학교 다니는 아이들에게 설문조사를 해 보니 부모님과 보낸 시간 중 가장 좋은 추억으로 꼽는 것이 가족 식사 시간이었다고 한다. 나의 개인적 경험에서 봐도 비록 무뚝뚝한 아버지였고 그다지 다정하지 않은 어머니였지만 온 가족이 한 상에 둘러앉아 갓 지은 따뜻한 밥을 함께 먹었던 아침 식사 시간이 가장 따뜻했던 기억으로 남아있다. 요즘은 이렇게 온 가족이 함께하는 가정 밥상이 점점 희귀해지고 있어서 안타깝다.

아이의 집중력과 기억력을 높이기 위해 혹은 면역력을 높여주기 위해 건강에 좋은 음식, 무공해 유기농 채소를 엄선하고 건강 식품, 보약에 신경을 쓰는 엄마들이 많지만, 그 좋은 음식을 어떤 모습으로 먹는지는 염두에 두지 않고 있는 것 같다.

가장 중요한 것은 아이에게 안정감을 줄 수 있는 식탁의 분위기이다. 이것은 단지 성장하는 아이에게만 안정감을 주는 것이 아니라 직장생활로 생존경쟁에 시달리는 아빠와 엄마에게도 정서적 만족과 안정감을 주어 스트레스에 덜 노출되게 도와준다.

로제토 마을 이야기를 응용하자면 식탁의 음식이 좀 덜 고급지고 즉석 음식이 좀 섞여 있어도 상관없다는 말이 될 수 있다. 올리브유가 아닌, 식용유에 구운 생선과 유기농이 아닌 채소에다 때로는 햄을 얹어 먹더라도 아이들에게 부모와 함께한 여유 있는 밥상이라면 옥시토신 분비에는 부족함이 없을 것 같다.

그렇다고 아무 밥상이나 다 좋은 것은 아닐 것이다. 식탁에서 지킬 사항은 분명히 있다. 유대인은 가족 밥상에서 아이를 야단치는 것을 금기시한다고 한다. 야단칠 일이 있어도 식사 시간만큼은 평정을 지키고 밝은 분위기에서 서로의 일상을 나누는 예절이 필요한 것이다. 로제토 마을 사람들의 식사를 호르몬으로 풀어보면 옥시토신과 세로토닌의 효과를 극대화한 모델이 될 것이다.

세로토닌은 잔잔한 감동을 할 때 주로 분비되는 억제 호르몬이다. 생활에 활력을 주기는 하지만 팽팽한 긴장으로 심신을 지치게 하는 아드레날린, 도파민, 노르아드레날린 같은 각성형 호르몬이 지나간 자리에서 세로토닌은 피로물질을 분해하고 휴식하게 하는 작용을 한다.

우리는 친해지고 싶은 사람과 식사 약속을 한다. 만나면 좋고 마음이 편한 그런 상대와 함께 맛있는 음식을 먹는다는 것은 얼마나 즐거운 일인가? 그럼 우리 집 밥상은 어떠한가? 우리 주변에 어린아이를 키우는 가정의 흔한 아침을 떠올려보자.

아빠는 먼저 출근하고 어린이집에 가야 하는 아이를 급하게 깨운 엄마는 먼저 TV부터 켠다. 아직 잠이 덜 깬 아이가 TV를 보는 사이에 엄마는 밥그릇을 들고 아이 곁으로 가서 아이 입에 밥을 떠 넣으면서 옷을 입힌다. 아이는 무의식 중에 밥을 씹어 삼키는 것이다.

맞벌이하는 엄마도 아이와 함께 집을 나서야 하므로 마음이 더 바쁘다. 이렇게 자란 아이가 초등학교에 가고 중고등학교에 가면 부모와의 식사는 더욱 힘들어진다. 이미 함께 먹는 것이 일상이 아닌 연례행사로 밀려난 가정이기 때문이다. 어린아이들은 부모와 함께하는 밥상에서 안정감을 느끼고 언어를 배운다. 가족이라는 소속감이 아이들을 편안하게 하며 어른들의 낯선 대화를 엿듣고 주고받는 질문 속에 사고력이 길러진다. 더욱이 이 밥상이 서로에 대한 따뜻한 관심과 부모의 격려로 채워진다면 그 긍정적인 효과는 말로 다 할 수 없을 것이다.

성경에도 예수가 제자들과 함께 음식을 먹었다는 기록이 많이 나온다. 다빈치의 그림 <최후의 만찬>은 십자가 고난 전에 예수가 마지막으로 제자들과 나눈 밥상이었다. 그 밥상에서 유명한 세족식이 있었다. 요즘 일 년에 한 번 로마 교황청에서 열리는 세족식은 마지막 만찬장에서 예수의 섬김을 기념하는 의식이다. 예수는 그의 죽음을 앞두고 제자들의 발을 씻기며 '내가 주와 또는 선생으로서 너희 발을 씻겼으니 너희도 서로 발을 씻어주는 것이 옳으니라'라고 했다. 이것은 식사가 가지는 위로와 결속, 서로에 대한 섬김을 가르쳐 주는 좋은 예가 된다. 이뿐인가? 결혼식, 회식, 그 외 각종 우리 주변의 만남이 모두 함께 먹는 것을 중요하게 생각해서 준비하고 참여하고 있는 것이 아니겠는가?

지금은 어른 못지않게 아이들에게도 스트레스 질환이 많이 나타나고 노인의 소외문제도 심각하다. 혹시 아이들은 아이들대로, 부모는 부모대로, 노인은 노인대로 모두 외로운 식사문화, 아무렇게나 끼니를 때우는 식사가 일상이 되어버렸기 때문은 아닌지 합리적 의심이 든다. 아토피, 천식, 그리고 ADHD라고 하는 주의력결핍 과잉행동장애가 아이가 똑똑하고 지혜롭기를 바라는 엄마들의 마음을 괴롭히는 복병이 되고 있다. 이제는 아토피와 같은 알레르기 질환의 관리를 위해 식이요법을 적용하는 외에 스트레스 저항력을 길러줄 가족 밥상을 준비해보는 것이 필요하겠다.

가족 밥상을 지킬 방법들

잃어버린 가족 밥상을 찾기 위해서는 우리 모두의 노력이 필요하다. 늘상 일과에 쫓기는 바쁜 아빠이지만 만사를 제쳐놓고 가족 밥상을 지키겠다는 희생정신이 있어야 한다. 아침 식사가 안 되면 저녁 식사도 괜찮다. 아이들이 아직 어리다면 더욱 시작하기가 쉽다. 우선은 식사자리와 식사 시간을 일정하게 정해놓아야 한다. 어린아이들에게는 식사 때 자기가 앉을 자리를 정해주면 습관을 들이기가 더 좋다. 그리고 아이들에게 식사 준비에 참여하도록 일을 분담해 주자. 수저 놓기, 냉장고에서 반찬 꺼내기 등. 할아버지와 할머니가 계시면 어른들이 수저를 들기까지 기다리게 하는 것도 아이들이 사회규율을 익히고 학교 수업에서 집중력을 기를 수 있는 좋은 연습이 된다고 한다.

밥상에서의 대화 내용도 중요하다. 좋은 대화는 부드러운 분위기에서 나온다. 서로가 하는 말을 들어주고 반응해주면 마음이 열린다. 부모라도 실수한 것을 솔직하게 인정하고 도리어 자녀에게 조언을 구할 정도라면 좋겠다. 그러면 때로는 옥신각신 난상토론이 벌어지더라도 함께 밥을 먹는 중에 애정은 더 두터워질 것이다. 재미있는 대화를 위해 혹은 아이들에게 의미 있는 교훈을 주기 위해 미리 책을 읽고 준비한다는 아버지도 있다. 바람직한 밥상에 딱히 정해진 룰은 없지만, 부모가 자녀에게 자녀가 부모에게 오고 가는 자유로운 대화를 하면 옥시토신 밥상으로서는 충분한 수준이 될 것이다.

한편 십 대인 딸아이가 밥을 먹는 동안 엄마는 아이의 뒤에 서서 드라이기로 딸의 머리를 말려주면서 그날 있을 학원 스케줄과 지난번 시험성적을 끌어올릴 엄마의 작전을 하달한다면 그야말로 서글픈 식사 모습이다. 이것은 같이 나누는 식사가 아닐 뿐 아니라 아이에겐 먹는 시간조차도 전쟁터처럼 긴장을 필요로 하기 때문이다. 가족의 건강을 위해 바람직한 식사 모습을 그려보고 함께 만들어가는 노력이 온 가족을 사회의 생존 경쟁적 스트레스로부터 지키는 비밀병기가 될 것이다.

3. 병아리와 비둘기 새끼에게 필요했던 것

몇 해 전 우리 아파트 베란다에 있는 에어컨 실외기 앞에 비둘기가 집을 짓더니 알을 깠다. 도심 한복판 아파트 베란다에 비둘기 가족이 산다니 참 신기히고 반가운 마음에 둥지를 치우지 않고 그대로 두었다. 덕분에 조류학자처럼 이들의 가족생활을 엿볼 수 있게 되었다. 비둘기 가족들은 유독 새끼와 어미의 스킨십이 많았다. 구구구… 시끄럽게 울면서 퍼덕이는데 자세히 보니 새끼와 어미가 서로 몸을 비비며 애정을 나누고 있었다. 비둘기가족들은 꽤나 자주 격렬한 스킨십을 나누었다.

수 십 년 전, 초등학교 앞에는 종이상자에 병아리를 담아 파는 사람이 있었다. 노란 병아리들은 마치 살아있는 장난감 같았다. 친구들은 옹기종기 모여 귀여운 병아리를 구경하다가 갈색 부리와 까만 눈에 매료되어서 한번 키워보겠다고 집으로 사 갔지만 예외 없이 며칠을 못 넘기고 병아리를 잃는 슬픔을 맛보았다. 병아리 말고도 토끼나 새도 집에 들여와서 아무리 먹이도 잘 챙겨주고 정성을 기울여도 비실비실 죽고 말았던 이유는 바로 가족들의 따뜻한 스킨십이 없어서였을지도 모르겠다.

사람의 경우는 어떨까? 전쟁 중에 부모를 잃은 고아와 일반가

정의 아이의 생존율을 비교해 봤더니 고아들의 사망률이 높았다.

국제구호 기관에서 영양식까지 지원받은 보육원의 아이들보다 엄마 품에 안겨 빈 젖을 빠는 아이들이 더 많이 살아남았다는 것은 스킨십이 주는 놀라운 생명력을 입증하는 것이다.

스킨십은 사람을 행복하게 한다. 자녀가 잘못을 저질렀을 때 야단을 친 다음에 손을 잡고 눈을 마주 보며 조곤조곤 아이가 무엇을 잘못했는지 설명해준 경험이 있는 부모는 알 것이다. 불 같던 화가 그 손길에 녹으면서 눈에는 눈물이 고인다. 등을 토닥이면 엄마 마음속의 사랑이 살아서 아이의 마음을 만지고, 그러면 아이는 자기가 무엇을 잘못했는지, 엄마가 왜 화가 났는지 반항심 없이 수긍하고 이해하게 된다.

웃으면서 화를 낼 수 없는 것처럼 손을 잡고 언성을 높일 수는 없다. 손을 잡는 것은 그 자체가 사랑이요, 화합의 메시지이기 때문이다. 약을 구하기 어렵던 시절에는 아이가 배가 아프다고 하면 엄마는 아이의 배를 살살 만져주었다. 머리가 아프면 이마를 짚어 주고 다리가 아프다고 하면 다리를 주물러 주었다. 이 모든 것이 뇌내 호르몬으로 풀이할 수 있는 과학적인 치료법일 수 있다. 스킨십을 통해 사랑이 전달되고 동시에 얼굴이나 신체 각 부위에 퍼져있는 경락을 자극하여 뇌내 모르핀 등 여러 유익 호르몬을 분비하게 되기 때문이다.

생각해보면 스킨십은 모든 연령대에 필요한 안식이요 위로이다. 특히 아기에게 스킨십은 생명선일 뿐 아니라 두뇌발달을 위해서도 꼭 필요하다. 청소년기의 예민한 아이들은 부모님의 손길만으로도 반항심의 소용돌이에서 안정감을 되찾게 된다.

중년의 아내들은 자주 어깨통증에 시달린다. 어깨가 아프다고 하면 왜 맨날 아프냐며 화를 내는 남편보다는 아픈 어깨를 어루만져주는 남편의 손이 약손이 된다. 감사하게도 만져주는 손길에서 쌍방 모두에게 좋은 호르몬이 생성되는 것이다.

엄마와 아들, 남편과 아내, 선생님과 학생. 남에게 대접을 받고 싶은 대로 남을 대접하라는 성경 마태복음의 황금율은 스트레스 저항력을 올려주는 스킨십에서도 그대로 적용되는 것이다. 요즘은 병원 진료실에서 의사가 환자의 몸에 손을 대는 일이 점점 없어지는 추세이지만 아픈 환자의 입장에서는 흰 가운을 입은 선생님의 손이 약손이 될 수 있다. 한의원의 경우에는 진맥을 하고 복진을 하는데 이런 것들이 진단을 위한 수단이기도 하지만 그 자체로서도 환자로 하여금 의사를 더 신뢰하도록 하여 약의 순응이 높아지는 효과가 있는 것이다.

4. 만세를 부르면 기분이 좋아지는 이유

에이미 교수 이야기(바디랭귀지)

몇 해 전에 미국의 TED에서 한 강의를 들은 적이 있다. 이 책을 쓰면서 그 내용을 인용하고 싶어서 기억을 더듬어봤지만, 제목도 강사 이름도 도저히 떠오르지 않았다. 어떻게 그 내용을 찾을 수 있을지 막막한 마음으로 TED 동영상을 검색하는데 첫 번째 추천화면에 바로 그 강의가 떠서 무척 기뻤다. 에이미 커디 교수의 'Your body language shapes who you are'의 내용을 잠깐 여기 소개하고자 한다.

에이미 교수는 그의 강의실에 들어오는 학생들의 모습을 관찰해서 재미있는 사실을 한 가지 찾아내었다. 어떤 학생은 들어올 때부터 당당하게 어깨를 펴고 강의실 한가운데로 성큼성큼 걸어 들어와서 당당하게 자리에 앉는다. 그는 손을 들 때도 번쩍 팔을 쭉 펴고 자신감이 넘친다. 이런 학생은 참여도가 높고 대체로 성적도 우수하다. 그런데 어떤 학생은 들어올 때부터 어깨를 움츠린 채 강의실 가장자리를 돌아 한쪽 끝자리에 소리 없이 앉는다. 손을 들 때도 가만히 반만 든다. 이상한 것은 이런 학생은 수업 참여가 소극적이고 성적도 뒤떨어지더라는 것이다. 사람들이

취하는 자세가 성취도와 많이 연관된다는 것이다. 정말 그런지 에이미 교수는 사람이 아닌 동물 세계에서도 살펴보았다. 원숭이나 고릴라의 우두머리는 팔을 위세 있게 펴고 다리를 펼쳐 자기 영역을 넓힌다. 반대로 집단에서 열등한 개체는 몸을 웅크려 자신을 작게 만든다.

사람이나 동물이나 자세는 곧 언어(바디랭귀지 : 몸으로 전달하는 언어)이다. 우리는 큰 승리의 기쁨을 누릴 때는 가슴을 펴고 턱을 들고 두 팔을 높이 치켜든다. 반대로 자신감이 떨어지고 두려움이나 초조함을 느끼게 되면 몸을 웅크린다. 이것은 학습되는 것이 아니어서 선천적인 시각장애인이라도 마찬가지이다. 100m 결승선을 1위로 골인하는 육상선수를 떠올려보자. 승리감이 충만한 사람이 어떤 자세를 취하는지 생각해 보면 쉽게 이해가 된다. 이런 승리에 취한 자세는 주변에 자신의 힘을 과시하고 영역을 확장했다는 감격의 메시지가 들어 있다. 중요한 것은 이때 몸속에 일어나는 호르몬의 변화인데 테스토스테론 같은 힘의 호르몬이 높아지고 코티솔이라는 스트레스 호르몬 수치는 내려간다. 스트레스 호르몬 지수가 내려간다는 것은 그만큼 우리 몸이 편안함을 느낀다는 것이다. 즉 스트레스가 없어진다는 뜻이다.

우리도 생활 속에서 이런 경험을 많이 해보았을 것이다. 자신감이 있고 당당할 때가 주눅이 들 때보다 덜 피곤해진다는 것이다. 자세 곧 바디랭귀지는 타인에게 전달되는 메시지이면서 동시에 타인뿐만 아니라 자신에게도 메시지가 된다. 따라서 몸을 움츠리고 고개를 숙이는 자세, 혹은 두 손을 모으고 선생님 앞에 서서 야단을 맞는 학생처럼 서 있게 되면 마주 선 상대방에게 자신의 연약한 내면을 보이게 되는 비언어적 표현이면서 동시에 신체 내부 호르몬 분비도 자신감을 잃은 스트레스에 맞춰지게 된다.

그 반대는 어떤가. 자신감과 여유를 가지는 힘의 호르몬 상태에서는 상대방에게 능력 있는 사람이라는 인상을 주면서도 그의 신체 내부에서 스트레스 호르몬 수치는 낮아진다. 이것은 전투적 자세에서 아드레날린, 노르아드레날린 수치가 높아지는 긴장 상태와는 완전히 다른 차원이 되는 것이다(긴장 상태에서 체내 독성물질이 쌓이는 것은 앞에서 언급한 대로이다). 바디랭귀지의 비밀을 현실에 적용하면 아주 유용한 자기계발, 자기성취를 이룰 수 있다는 것이 에이미 교수의 주장이다.

예를 들어 자기 존재가 한없이 작아지는 느낌이 든다면 오히려 100m 단거리 육상경기에서 1위로 골인한 선수처럼 두 팔을 힘차게 들고 흔들어 보는 것이다. 화장실 같은 곳에 가서 2분간 혼자 이런 자세를 취해보면 좀 우스꽝스럽기는 하지만 효과는 정말 좋다. 취준생이라면 면접 직전에 잠깐 화장실에 가서 마치 승리를 쟁취한 순간처럼 어깨를 펴고 턱을 들어 회심의 미소를 지어 보는 것도 좋다. 에이미 교수의 실험에서 이런 자세를 취한 후에 면접을 보러 간 사람들은 면접관에게 호감을 주고, 발표자료를 유감없이 발휘하여 좋은 점수를 받았다고 한다.

화가 나는 순간이라면 억지로라도 웃는 표정을 지어 보자. 가짜 웃음인데도 분노가 풀린다. 놀랍게도 몸은 우리의 자세에 따라 승리와 기쁨의 호르몬을 유감없이 분비하였다.

이런 호르몬 체계에서는 코티솔이라는 부신호르몬의 수치가 평소보다 낮아졌는데 자신감이 있을 때가 두려움이나 초조함으로 긴장할 때보다 훨씬 수월하게 좋은 성과를 낼 수 있음을 보여준 것이다.

자세만으로 호르몬 분비가 달라진 것을 어떻게 설명할 수 있을까? 바디랭귀지에 우리 몸이 속아서 특정 호르몬을 분비하면 그 호르몬이 마음마저 바꾸어 버리는 것이다. 이 비밀스러운 경험은 누구에게나 있다. 친구나 아이를 놀려 주려고 일부러 화난 척하다가 정말 화가 나서 싸운 경험 같은 것 말이다.

이제 바디랭귀지로 자신을 속여보자. 자신이 없어도 자신 있는 척하기. 두려워도 용감한 척하기. 강한 척하기. 척하기로 자신을 훈련하고 도전하며 또 해내다 보면 몸속 호르몬 체계가 그렇게 속아서 따라가고, 우리 마음도 속아서 결국 자신의 진짜 모습이 강하고 능력 있는 모습으로 변화된다는 것이다.

누군가 이렇게 반문할지 모른다.

"속인다고?"

"그렇게까지 해야 할까요?"

"능력도 없으면서 있는 것처럼 속이는 것이 옳은 일인가요?"

"사기꾼이 되는 것 같은데요?"

에이미 교수는 자신의 경험을 이야기했다. 대학 시절 그는 교통사고로 머리를 다쳐 지능이 크게 떨어지고 말았는데 당시 주변 사람들은 그에게 학업을 포기하는 것이 좋겠다고 했지만 그는 공부를 포기할 수 없었다. 누구나 자기만의 자부심이 있다. 그는 남과 차별되는 자신만의 자부심이자 정체성인 총명을 포기하고는 살아갈 수가 없었던 것이다. 절망적인 상황이었지만 그는 굴하지 않고 마침내 재기했다. 어떻게 넘어지지 않고 일어설 수 있었는지 여기 그의 말을 그대로 옮겨 보았다.

"공부하고 또 공부했죠. 그러다가 운이 좋아 한 단계 넘어가면 다시 공부하고 또 공부했어요. 대학을 졸업하기까지 남들보다 4년이란 시간이 더 필요했죠. 저는 졸업한 뒤에도 학업을 계속했고 마침내 하버드에 오게 되었습니다."

하버드에서 학생들을 가르치던 어느 날, 한 여학생이 그의 연구실로 찾아와서 말했다.

"아무래도 저는 이 학교에 어울리는 사람이 아닌 것 같아요."

그는 완전히 패배자 같았다. 문득 에이미 교수는 아주 오래 전 지도교수 앞에 선 자신의 모습이 떠올랐다. 이 여학생은 그때의 자기 모습과 너무나 꼭 닮아 있었다. 놀라운 것은 그 옛날에 자기도 이 여학생처럼 움츠려 있었지만 마치 금방이라도 할 수 있는 사람처럼 계속해서 도전하고 또 도전하고, 그래서 해내고 또 해내다 보니 어느새 더 이상 움츠려 들지 않게 되었다는 것이었다.

"아냐, 넌 할 수 있어. 이곳은 너에게 너무나 잘 어울려. 넌 최고로 좋은 발표를 할 수 있고, 물론 좋은 점수도 받을 수 있지."

이 말은 옛날에 자신의 지도교수에게 들었던 격려의 말이었다. 교수님의 확신에 찬 말 한마디는 제자인 그에게 무한한 에너지와 같았을 것이다. 지금 그의 앞에 선 여학생은 또 어떤 마음일까? 에이미 교수의 눈에 눈물이 빛났다.

Fake it until you become it.
될 때까지 속여보자. (척해보자!!)

5. 우울할 때 땀을 내면

"평소에 잘 웃고 유쾌한 사람은 암 병동에 없다"는 말이 있다. 그만큼 건강은 기분과 많은 관련이 있다. 늘 우울하다거나 짜증을 많이 내는 사람은 그만큼 병에 걸리기 쉽다. 반대로 행복하다, 기쁘다, 감사하다는 말을 자주 하거나 그런 마음을 많이 갖게 되면 베타엔돌핀 같은 뇌내 모르핀의 분비로 면역세포가 활성화되고 자연히 건강해진다고 한다. 그러면 어떻게 기분을 조절할 수 있을까?

"눈물은 땀과 동시에 나지 않는다."

다소 엉뚱한 이 말속에 무거운 기분, 스트레스를 날려줄 손쉬운 방법이 담겨있다. 한마디로 기분이 우울할 때 땀이 나도록 몸을 움직이라는 것이다. 가끔 주부들 중에는 남편과 말다툼을 했거나 시어머니와 갈등이 있을 때 이불 빨래를 한다든지 냉장고 청소를 한다는 사람들이 있다. 이런 사람들은 몸을 움직이면 스트레스로 인한 독성이 절반으로 줄어든다는 연구 결과는 모르지만 그 효과를 누리며 사는 사람들이다.

눈물이 나면 사람들은 고개를 숙이고 어깨를 들썩이게 된다. 만약 이 순간에 고개를 들고 어깨를 편다면 바로 눈물이 멈출 것이다. 그 자리를 박차고 일어나 밖으로 나가 주먹을 불끈 쥐고 땀이 나도록 뛰거나 파워트레이닝을 하면 눌려 있던 마음이 풀어지고 기분전환이 되는 것을 느낄 수 있다. 스트레스가 날아가는 것이다!

우리 몸의 근육에는 '근 긴장 섬유'라는 것이 있어서 뇌의 시상하부와 연결되어 있다. 근육이 자극을 받으면 '근 긴장 섬유'를 통해 시상하부를 자극하여 뇌내 모르핀이 분비되면서 기분이 좋아진다. 운동하면서 기분이 좋아지고 상쾌함을 느끼거나 땀이 나면 눈물이 그치는 이유가 모두 여기에 있다.

또한 근육을 당겨 주면 뼛속에 많은 혈액이 흘러 들어가는 효과가 있다. 근육을 당긴다는 것은 일종의 자극을 말한다. 스트레칭이나 파워트레이닝은 물론이고 집에서 누구나 가볍게 할 수 있는 플랭크, 스쿼트, 팔굽혀 펴기도 다 여기에 포함된다.

*시중에 홈트레이닝 동영상들이 많이 나와 있다. 그 중에서 '강하나의 스트레칭'을 추천하고 싶다. 플랭크, 스쿼트, 런지 이런 것들도 검색해 보고 시간이 날 때마다 따라 해보면 건강을 유지하는 데 많은 도움이 된다.

근육을 당기거나 무게를 들어 올리는 하중 자극으로 뼛속에 혈액이 흘러 들어가면 어떤 좋은 효과가 있을까? 뼈는 언제나 근육에 연결되어 있어서 뼈와 근육은 순간순간 서로 정보를 주고받는다. 근육의 자극에 혈액이 골수로 흘러 들어가는 것도 정보교환의 일환이라고 볼 수 있다. 대퇴골 같은 뼛속에는 골수가 있는데 여기에 피가 많이 흘러 들어가면 골수의 작용 즉 조혈작용이 왕성해진다. 또한 근육에 맞춰 뼈도 튼튼해져야 하므로 자연히 골밀도가 높아져서 뼈가 튼튼해진다. 우유를 마시는 사람보다 우유를 배달하는 사람의 뼈가 더 튼튼해진다는 말처럼 운동(노동)하면 근육 자극으로 뇌내 모르핀이 분비되어 기분이 좋아질 뿐 아니라 뼛속에 혈액이 통함으로써 골밀도가 올라가는 것이다.

내 몸에 맞는 운동은?

스트레스를 줄이기 위해 운동을 해야 한다면 어떤 식으로 하면 좋을까? 운동에는 크게 근육을 만드는 운동과 지방을 태우는 운동이 있다. 그리고 연령과 건강 상태에 따라 운동의 강도를 달리해야 한다.

근육(골격근)을 만들어야 하는 이유는 무엇일까?

근육은 몸의 형태를 잡아주고 몸이 움직이는 것을 도와주는 역할을 한다. 흔히 근육 하면 운동선수의 울퉁불퉁한 몸을 떠올리게 된다. 그런데 알면 알수록 건강을 위해 꼭 필요한 것이 이 근육이라는 것을 발견하게 된다. 일단, 근육은 제2의 심장이라고 할 만큼 혈액순환에 필요하다. 심장이 아무리 제대로 펌프질을 해도 동맥을 지나 정맥에 이른 혈액을 밀어낼 압력으로는 부족한데 이때 정맥을 싸고 있는 근육이 두 번째 심장의 역할을 해주는 것이다. 또 근육은 지방독을 없애는 중요한 역할을 한다. 기름진 식사를 했더라도 근육과 산소가 충분하면 남은 지방은 근육 속에서 대사되어 에너지원으로 쓰이고 물과 이산화탄소로 바뀌기 때문이다.

요컨대 근육은 뼈를 튼튼하게 해서 골다공증을 예방하고 몸의 형태를 잡아주어 구부정하지 않게 하며 혈액순환을 도울 뿐 아니라 과잉 지방을 처리하여 성인병을 막아주는 방패가 된다.

그런데 나이가 들면 이 중요한 근육이 자꾸만 줄어든다. 근육이 줄어드는 것에는 근위축과 근감소가 있는데 근위축은 나이가 젊어도 사고를 당하여 누워만 지낸다든지, 깁스를 하고 장시간 근육을 사용하지 않을 때 근력이 떨어지는 것을 말한다. 이때 감소한 근력을 회복시키려면 힘든 물리치료 과정을 거쳐야 한다. 근감소란 나이가 들면서 근육의 크기가 작아지는 것을 말한다. 30대 이후부터 진행되는 근육 노화는 근위축과 근감소가 같이 오는 것이라 보면 된다.

근육을 만드는 파워트레이닝

근육을 만드는 운동은 일정 무게의 자극을 주는 파워트레이닝이 제일 좋다. 피트니스센터에 가서 헬스 기구를 이용하면 누구나 할 수 있는 운동이지만 요즘은 집에서 자기 체중을 이용하는 파워트레이닝도 얼마든지 가능하다.

헬스 기구를 사용하지 않더라도 자기 체중을 이용하여 충분히 파워트레이닝 효과를 볼 수 있으니 이제는 운동할 시간이 없다는 핑계를 댈 수 없을 것이다. 스쿼트, 런지, 플랭크는 하루 20분 정도면 가능한 운동이다. 스쿼트는 누구나 할 수 있는 쉽고도 금방 익숙해지는 운동이다.

주로 허벅지와 엉덩이 근육을 기르는 데 도움이 되고 런지도 마찬가지이지만 사용 근육이 조금씩 다르다. 플랭크는 이 중에 제일 힘든 자세로 코어 운동이라고 불린다. 즉, 몸의 중심인 허리와 복부를 중심으로 위쪽인 척추와 하반신까지 근육을 자극하여 노화로 구부정해지는 자세를 바로잡아주고 복부지방을 태우는 데 효과적이다. 플랭크 자세를 1분만 유지할 수 있어도 평균 이상의 코어 근력을 가졌다고 볼 수 있는데 하루 5분 정도 할 수 있을 때까지 단련하는 것이 좋다.

근육을 선천적으로 많이 갖고 태어난 사람도 있지만 대개 성인병을 고민하게 되는 중장년층이 되면 왕년에 튼튼했던 근육은 어디 가고 바람 빠지듯 쪼그라든 그 자리에 지방만 가득 들어찬다. 젊은이와 노인을 구분하는 뒷태는 등 모양, 엉덩이, 복부, 그리고 허벅지를 포함한 다리 선이다. 나이가 들면 아주 서서히 근육이 사라지면서 등이 굽고 배가 나온다. 엉덩이는 꺼지고 허벅지는 가늘어지면서 다리가 휘어지게 된다.

이 모든 노화의 외형이 근육쇠퇴와 관련이 있다. 채식만 하는 노인이 고지혈증에 걸리는 것도 근육위축으로 절반의 해답을 찾을 수 있다. 근육이 약해지면 또 성호르몬(sex hormone)을 포함한 각종 호르몬 분비도 덩달아 위축되어 고지혈증, 복부비만, 우울증, 심장병 등 각종 성인병을 부르는 토대를 만든다. 근육은 지방독을 해결하는 비밀통로이기 때문이다.

지방을 태우는 걷기운동

요즘은 걷기 광풍시대이다. 확실히 걷기는 지방을 태우는 효과가 탁월한 운동이다. 성인병이 걱정인 중장년층은 격렬한 운동보다는 걷기 같은 완만한 운동이 더 좋기도 하다. 한 시간 이상 쉬지 않고 걷다 보면 체내 지방을 산화시켜 운동에너지로 활용하는 메커니즘이 가동되므로 피로도 풀리면서 성인병의 적인 지방을 효과적으로 소모시키는 이득이 있다. 특히 걸으면서 기분 좋은 생각을 하면 명상효과가 나타나 세로토닌이 분비되고 우울증치료에 도움이 된다. 그러나 젊은 청년이라면 다소 격한 운동도 스트레스 해소에 좋다. 농구나 축구, 탁구 같은 게임을 하면 공부 스트레스가 전신의 땀구멍으로 시원하게 빠지는 기분을 누릴 수 있다.

근육의 종류 - 지근과 속근

근육 중에서 특별히 골격근(뼈에 붙어있는 근육)에는 지근(power musle)과 속근(speed musle)이 있는데 걷기와 같은 완만한 운동에는 지근이, 역기를 드는 것 같은 동작에는 속근이 쓰인다. 속근은 모세혈관이 많지 않아 흰색을 띠며 혈액공급이 적다 보니 쉽게 지치지만 순간적으로 강력한 힘을 내는데 유용하다. 반대로 지근은 모세혈관이 많아 붉은색을 띠며 산소공급이 잘 되어 피로감을 덜 느끼므로 장거리 달리기처럼 지구력을 필요로 하는 운동에 주로 사용된다.

그래서 속근을 단거리형, 지근을 장거리형으로 부르기도 한다. 속근과 지근은 근육 중에 모자이크 상태로 섞여 있고 해부학적으로 속근이 지근보다는 표피에 가까우므로 속근이 발달한 단거리 선수나 역도선수의 외형이 마라톤 선수보다 더 우람해 보인다.

노년이 되면서 동작이 느려지고 무거운 것을 잘 들지 못하거나 넘어져도 재빨리 몸을 바로 세우지 못하는 것은 특히 속근의 능력이 저하되기 때문이다. 따라서 노화를 역행할 목적으로 하는 운동이라면 파워트레이닝처럼 속근의 능력을 기를 종목을 택하는 것이 맞지만 자칫 너무 무리하게 심박 수를 올리게 되면 활성산소를 다량으로 발생하게 되어 역효과가 날 수도 있다. 격한 운동인지 완만한 운동인지 구분 점은 심장박동수 즉, 심박 수가 기준인데 스스로 느끼기에 약간 숨찬 정도가 가장 적합하다.

20대까지는 격한 운동 후에 발생하는 활성산소를 무독하게 분해시킬 SOD가 넉넉하니 숨 가쁜 운동의 후유증을 그리 걱정할 일은 아니다. 그러나 성인병을 걱정해야 하는 중장년층이라면 과격한 운동보다는 걷기로 지방을 태우고 파워트레이닝으로 근력을 증강시키는 것이 좋다.

아주 노령이거나 부정맥, 심부전이 심하여 의사로부터 운동 금지 처방을 받은 사람이라도 사실은 걷기 정도의 운동이 필수이다.

걷는 운동을 통하여 병원 약보다 좋은 뇌내 모르핀을 비롯한 자연 약들이 만들어지고 혈액순환이 개선되기 때문에 처음에는 무리하는 느낌이 있더라도 운동을 하는 것이 좋다. 그러다가 차츰 걷는 거리가 늘어나면 아주 간단한 트레이닝부터 시작하여 근육을 단련시키는 프로그램으로 들어갈 수 있다.

잘 발달한 근육은 인슐린보다 낫다

새로운 것을 시작하는 데는 용기가 필요하다. 운동을 시작하는 것도 그와 같아서 평소 운동을 안 하던 사람이 어느 순간 동네 공원을 돌기 시작했다면 큰 박수를 받을 일이다. 그만큼 운동은 시작이 어렵지만 그 결과는 대단하다. 그리고 운동에도 단계가 있음을 기억하자. 처음에는 공원을 한 바퀴씩 돌다가 차츰 익숙해지면 조금씩 파워트레이닝으로 근육 단련도 시도해 보기 바란다. 혈당조절이 안되는 당뇨병 환자도 근육을 만들면 인슐린 주사를 맞는 것보다 더 나은 치료반응을 경험할 수 있다. 심장병 환자도 자기 몸 컨디션에 맞춰서 약간 힘든 정도의 근력운동을 추천한다.

걷는 것으로 효과를 보았다면 근력운동으로 기적에 가까운 체험을 할 수도 있다. 운동은 스트레스로부터 우리 몸과 마음을 보호해 주고 그로 인해 만들어진 근육은 과잉의 지방을 태우며 혈액순환을 도와 질병 치료까지 기여한다.

6. 우울증과 얼룩말

스트레스 때문에 화가 나고, 누군가를 미워하고 질투로 힘든 감정에 사로잡혀 마음이 힘들 때, 부지런히 몸을 움직이면 아드레날린 계열 호르몬의 독성이 운동에너지로 소모되어 체세포 손상을 막을 수 있다. 그런데 불쾌한 감정에 사로잡혀 근육을 쓰지 않으면 활성산소가 온 몸 곳곳을 활개치고 다니며 망가뜨리게 된다. 불행하게도 우울증 환자는 움직이는 것을 싫어한다. 또 낮보다는 밤에 깨어 있을 때가 많다.

우울감은 억압된 분노이다. 분노와 우울감이 지속되면 신체가 활성산소를 비롯한 독성물질에 그대로 노출되어 유전자를 손상시키고 손상된 유전자가 특수한 단백질을 만들기 시작한다. 이 단백질 덩어리가 암의 발생원인이 되며 고혈압이나 당뇨병 같은 성인병의 원인이 된다.

그러므로 스트레스를 줄이고 분노와 우울한 감정을 빨리 털어버리도록 운동을 습관으로 만드는 것이 아주 중요하다.

우울감이나 불안 같은 스트레스와 운동의 관계를 설명할 때 많이 인용하는 얼룩말 이야기를 여기 소개한다. 푸른 초원에 얼룩말들이 한가로이 풀을 뜯고 있다. 이 순간에 얼룩말에게 스트레스는 없다. 그런데 갑자기 사자가 나타났다. 위기를 알아차린 얼룩말은 극도의 긴장과 흥분으로 도망치기 시작한다. 이것은 최고도의 스트레스를 말한다. 아드레날린과 노르아드레날린 호르몬이 분비되고 혈당이 높아지며 골격근은 최대한 힘을 내어 달아나기 시작할 것이다. 여기까지는 사람과 거의 같은 위기 대응 반응이다. 그런데 위기상황에서 모면하고 난 후엔 어떻게 할까? 얼룩말은 다시 평화롭게 풀을 뜯고 평상시 생활로 돌아가 있다.

사람은 한 번의 위기가 지나가도 지난 위기를 되새기며 괴로워하기도 하고 아직 닥치지 않은 일에 대해 근심하기도 하는데 얼룩말에게는 스트레스란 현재만 있을 뿐 뒤끝이 없다는 것이다. 또 스트레스 상황에서 얼룩말은 도망을 치든 사자와 싸우든 근력을 소모하는 격한 운동을 한다는 것이다.

스트레스 상황 중에 근육으로 에너지를 소모하면 발생된 독소들이 같이 소모되어 세포독성이 줄어드는 효과가 있다. 앞서 부부싸움을 한 뒤 빨래나 청소를 해서 스트레스를 푸는 주부가 지혜롭다고 말한 것도 같은 원리이다. 요컨대 얼룩말처럼 스트레스 상황에는 몸을 움직이는 운동을 하고 이미 지나간 일이나 오지 않을 미래의 일에는 신경 쓰지 않는 것이 스트레스를 이기는 지혜이다.

산책을 하면 우울증이 없어진다 – 세로토닌효과

호르몬을 연구하는 학자들의 말에 따르면 우울증도 호르몬 질환이라고 한다. 즉 스트레스로 인해 세로토닌이라는 뇌 호르몬이 감소되면 잠을 잘 이루지 못하거나 자극이나 통증에 극도로 민감해지는데 이것이 우울증이다. 이 연구 결과에 따라 실제로 처방되는 약이 SSRI(slective serotonin re-uptake inhibitor : 선택적인 세로토닌 재흡수 억제제)라는 항우울제이다. 이 약은 뇌에서 세로토닌의 재흡수를 억제하여 **세로토닌 작용을 향상시키는 약물**이다.

세로토닌 작용 향상!!

단순히 생각하면 아주 좋은 약 같지만 신체 내에서 분비되고 조절되어야 할 호르몬을 인위적으로 간섭하면 부작용이 생긴다. 주로 진정작용, 입과 눈이 마르고 소화가 잘 안 되는 항콜린 효과, 체중증가(가끔 감소되는 경우도 있다), 성기능감퇴 그리고 약물 의존성이다. 특히 진정작용으로 인한 멍한 상태는 삶의 질을 많이 떨어뜨리므로 약에만 의지하기보다는 생활요법으로 호르몬 조절을 유도하는 것이 바람직하다.

아드레날린, 노르아드레날린, 도파민은 각성형 호르몬인 데 반해 세로토닌은 억제형 뇌내 호르몬이다. 한낮보다는 저녁에 분비량이 많아져서 우리 몸을 안정시키는 작용을 한다. 특히 낮에 햇볕을 쬐면 저녁에 분비되는 세로토닌의 양이 많아지고 이것은 곧바로 수면의 질을 높여준다. 또 한낮이라도 좋아하는 꽃을 보고 감동하거나 아름다운 노래를 듣거나 친구들과 향이 좋은 커피를 마시는 잔잔한 일상들이 세로토닌의 분비를 늘린다. 그러면 이런 질문을 던질 수도 있다.

이 착한 호르몬 세로토닌이 높은 사람이 행복할까?

최근 심리학계에 따르면 인간의 행복에는 자유, 유능, 관계라는 세 가지 필수요소가 있다고 한다. 이 중에서 유능이란 자기의 능력을 인정받고 성취를 이루었을 때 느끼는 기쁨인데 이런 기쁨이 억제형 호르몬인 세로토닌의 환경에서 이루어진다고 보기는 아무래도 어렵다. 진정한 안식이 되려면 노동과 긴장, 피로가 있어야 하기 때문이다.

억제형인 세로토닌과 대립각을 이루는 각성 호르몬 중에서 도파민과 엔돌핀에 대해 알아보자.

강렬한 감동, 이를테면 낚시광이 대어를 낚아 올린 순간이나 야구장에서 타자가 시원한 홈런을 날렸을 때의 그 짜릿함은 도파민이나 베타엔돌핀의 작용이다. 애연가들이 담배를 피울 때 기분이 좋아지는 것도 도파민 작용이다. 도파민은 일명 사랑과 창조의 호르몬이다. 첫눈에 반하는 사랑의 감정이나 새로운 것을 깨달을 때 지적인 희열은 도파민 덕분이다. 이 지구상에 도파민의 축복은 사람의 뇌에만 주어졌다고 한다. 피카소나 모차르트, 에디

슨 같은 천재를 만든 것도 도파민이다. 그런데 문제는 이런 강력한 호르몬에 제동을 걸어주는 장치가 약해서 일단 분비되기 시작하면 잘 멈추지 않는다는 것이다. 과잉이 계속되면 정신의 균형이 무너지고 환각과 망상에 시달려 정신 분열 증상이 나타난다. 우리가 아는 역사적 천재의 비참한 말로는 바로 도파민 과잉의 전형을 보여주는 예라고 할 수 있다.

베타엔돌핀은 고도의 집중력을 발휘하게 하고 불굴의 심신을 만들어 삶에서 큰 성취를 이루도록 돕는다. 또 가장 강력한 진통제여서 마약인 모르핀의 10배에 달하는 효력을 내기도 한다. 감당할 수 없는 큰 슬픔을 당했을 때, 깊은 우울감에 빠졌다가 어느 순간 마음을 다잡고 활력을 되찾게 되었다면 베타엔돌핀이 A계 뇌신경을 자극하여 숨어있던 원기를 다시 찾게 해준 덕분이라고 할 수 있다. 베타엔돌핀은 쾌감신경이다. 베타엔돌핀은 강력한 진통제 역할을 해 주는 쾌감 호르몬이므로 잘 활용하면 각종 원인 모를 통증을 줄이는 비법이 될 수 있다. 소리 내어 크게 웃을 때 이 호르몬이 많이 분비된다고 하니 온종일 웃을 일 없는 사람은 개그 프로라도 봐야겠다.

약국에서 만난 어떤 청년은 이유 없는 만성두통으로 몇 년을 고생하다가 어디선가 웃으면 낫는다는 말을 듣고 그 고통에서 해방되었다고 하였다. 웃기만 해서 나을까? 가만히 속으로 의심하는 순간 그가 말했다.

"그냥 웃은 게 아니에요. 미친놈처럼 웃었죠."

억제형 호르몬인 세로토닌은 잔잔한 생활 속에 분비되어 스트레스와 긴장의 팽팽한 끈을 잠시 쉬어가도록 우리 몸을 달래는 역할을 한다. 이 쉬는 시간이 일과 중에 점점이 끼어있으면 몸속에 쌓인 스트레스의 독소들이 분해되고 새 힘을 낼 에너지를 비축하게 되는 것이다. 세로토닌은 한마디로 '쉼'이다. 볕 좋은 봄날, 양지바른 마당에 한껏 늘어져 실눈을 뜬 고양이를 떠올리면 세로토닌 효과가 어떤 것인지 알 수 있다.

식사 후에 여유로운 산책이 좋다고 하는 것은 세로토닌이 소화액을 분비하는 데도 일조한다는 것을 말해준다. 걷기는 슬픔이나 억압의 스트레스에서 우리의 몸과 마음을 환기시키고, 발을 내디딜 때마다 발바닥 경락을 자극하여 혈액순환을 돕는 효과가 있다. 대체로 30분 넘게 걸으면 손바닥과 손가락이 팽팽하게 부어오르는 왕성한 말초혈액 순환을 경험할 수 있다. 이때 꽃과 나무를 보거나 혹은 기분 좋은 미래계획을 세워본다면 감동의 호르몬인 세로토닌 힐링 효과를 온몸으로 누려볼 수 있다.

약이 되는 말, 독이 되는 말

갑작스러운 사고로 1년 넘게 병원에 입원한 한 남자가 있었다. 그는 평소에도 입맛이 까다로웠는데 병원 밥이 탐탁할 리가 없었다. 이것을 너무도 잘 알았던 그의 아내는 매일 세 끼니를 집에서 지은 밥과 반찬으로 먹을 수 있게 해 주었다. 부러진 뼈가 빨리 붙을 수 있게 칼슘과 단백질에 신경을 쓰고 신선한 야채로 무침을 해서 늘 입맛에 맞게 준비하여 병원으로 날랐다고 한다. 집밥을 병원으로 공수받은 이런 정성 어린 밥상을 받는 남편은 정말 행복한 남자일 것이다. 그런데 지성으로 밥을 해서 나르는 아내의 마음은 편치 않았던 모양이다. 별스러운 입맛을 가진 남편을 모시고 사느라 힘들었는지 도를 넘는 분노가 그녀의 말에 절절하게 배어 있었다. 남편은 이 아내의 분노를 알지 못했을 수 있다. 만약 알았다면 저렇게 힘들다고 불평하는 아내의 밥상을 받은 남편은 천연비타민 미네랄 효과를 제대로 보기는 어려웠을 것이다.

"다투는 여인과 함께 큰 집에 사느니 움막에 혼자 사는 것이 나으니라." 이것은 성경의 잠언에 나오는 말씀이다. 다투는 여인의 입에는 독이 있다. 아무리 좋은 음식을 먹는다 한들 그 입의 독으로인해 내 몸이 좋아질 리가 없다. 더욱 중요한 것은 독을 품은 말이 영향을 미치는 영역이다. 욕을 먹는다는 말이 있듯이 우리는 귀로 말을 먹는다. 손짓이나 몸짓을 통해서도 상대의 모욕적

행위를 읽을 수 있다. 눈으로도 먹는 언어가 있는 것이다. 일반적으로 독극물이란 먹거나 마시거나 섭취하는 사람만 해를 입지만 말로 인한 독은 듣는 사람(섭취자)뿐 아니라 말하는 사람(공급자)에게도 해를 끼치는 것이다.

어린 자녀를 키우는 어머니에게 부드러운 말은 매우 중요한 육아지침이다. 처음 아기가 태어나면 젊은 부모는 아이의 모든 것을 최고로 해주고 싶어 한다. 먹는 것, 입는 것, 덮는 것, 보는 것. 마치 완전히 멸균된 유리 온실이라도 만들어줄 것처럼 해로운 것은 모두 차단하려고 애를 쓴다. 그러나 이런 것이 모두 사랑에서 나온 것이라면 더욱 빠뜨리지 말아야 할 한 가지가 있다. 이미 성인이 된 우리 자신이 어린 시절을 되돌아보아도 알 수 있는 것, 누구나 갖는 강렬한 욕망. 그것은 최고의 음식이나 옷이 아닌 사랑을 받고 인정받는 따뜻한 관계이다. 유기농 야채와 한우 고기를 먹여도 엄마의 욕심이 발암물질이 될 수도 있다는 것이다. 물질보다 마음, 마음보다 말이 그만큼 중요하다. "우리 아이는 독한 데가 없어요. 이런 치열한 경쟁 시대 살아남으려면 독기가 필요한데 말이죠." 독기 있는 아이가 경쟁력이 있다고 생각하는 한, 엄마의 말에서 독기는 사라지지 않을 것 같다.

말이 주는 영향력에 대해 생각해 보았으니 이번에는 생각에 대해서도 알아보자. 말이 먼저인지, 생각이 먼저인지 모르겠지만 우선은 생각한 것을 말로 내뱉는다고 전제해 보자. '그가 생각하는 것이 곧 그 사람이다'라는 말이 있다. 생각 그 자체가 바로 그 사람이라는 것이다. 우리 인생은 우리의 사고로 만들어진다. 우울한 생각을 하고 분노를 창고 가득 저장해 둔 사람은 자기 선택대로 우울과 분노의 인생을 살아가게 된다.

생각은 언제나 신체 반응으로 호르몬을 만들어낸다. 성경에 해가 지도록 분을 품지 말라는 말이 나온다. 분노가 만들어 내는 호르몬 독성으로부터 우리의 건강을 지키라는 뜻이다. 생각을 하는 것만으로도 이미 신체 반응이 있는데 우리는 그것을 입으로 드러낸다. 말은 입에서 나오는 순간 더욱 구체성을 띠며 말하는 사람과 듣는 상대방, 그리고 공기를 진동한다. 만약 그것이 긍정적인 말이라면 긍정의 호르몬을 만들겠지만, 탄식이나 욕설, 비난이라면 생각 속에 가두어 두었을 때보다 당연히 파괴력이 증폭된다.

말 그대로 독기 어린 말에는 독이 있다. 유순한 말은 분노를 쉬게 하여도 과격한 말은 분노를 격동한다고 한다. 무심코 뱉은 날카로운 한 마디가 불씨가 되어 서로에게 거친 언어폭력을 주고받다가 험악한 관계가 되어 버렸던 경험이 있을 것이다.

유치원에 다니는 아들을 둔 엄마에게 고민이 있었다. 아침에 깨워도 일어나지 않고 늑장을 부리는 아들 때문에 출근길이 늘 아슬아슬하고 괴로운데 일찍 일어나게 할 묘안이 없었다. 어느 날 저녁, 엄마가 물었다.

"아침마다 네가 늦게 일어나서 엄마가 힘든데 어떻게 하면 좋을까?"

마치 상의를 하듯 어린 아들에게 질문을 던졌더니 눈을 초롱초롱하게 뜨며 아들이 시원한 대답을 해준다.

"일찍 일어나면 되지요."

모범답안을 말하듯 아무렇지 않게 말하는 아들이 신기해서 엄마가 다시 물었다.

"일찍 일어나려면 어떻게 해야 하지?"

"일찍 자면 되죠."

이렇게 말하더니 갑자기 아들이 자기 방으로 들어가며 말한다.

"나 내일 일찍 일어나야 하니까 지금 자야겠다."

그날부터 엄마의 고민은 말끔히 해결되었다. 어린 꼬마지만 일방적으로 엄마가 훈계하는 것보다 아이 스스로 행동을 개선하도록 대화를 나누는 것이 때로는 더 좋은 결과를 끌어낼 수 있다. 사설 학원에서라도 이런 대화의 기술을 배울 수 있다면 우리는 서로 얼마나 많은 전쟁을 피해갈 수 있을까?

맥락적 경청

어떤 여자가 남자친구에게 이렇게 말했다.

"오늘 집에 페인트칠했는데 냄새 때문에 머리가 아파서 창문을 열었더니 매연 탓에 더 머리가 아프네. 어떻게 해야 할지 모르겠어."

그럼 남자친구는 페인트 냄새가 심각하면 두통이 생기니까 창문을 여는 것이 좋겠다고 말해야 할지, 매연이 몸에 나쁘니 그래도 창문을 닫는 것이 좋지 않을까 말해야 할지 망설여진다. 여기서 가장 좋은 대답은 여자의 마음을 읽는 기술에서 나온다.

"머리가 많이 아파? 약 먹고 푹 쉬어야겠는걸."

우리는 말을 하면서 그때그때 상대방으로부터 기대하는 대답이나 반응이 있다. 그런데 상대방이 그 마음을 모르고 엉뚱한 대답을 하면 답답하고 불통의 고통을 느끼게 된다. 그야말로 스트레스를 받는 것이다. 여기서 꼭 기억해야 할 것은 나와 상대방이 모두 각자의 입장에서 이해받기를 갈망하고 있다는 것이다. 이해받으면 행복하고 스트레스가 줄어든다. 위의 예에서 보면 겉으로는 창문을 닫을지 열지 둘 중에 하나를 선택하지 못해서 고민하는 여자처럼 보이지만 내심 자기가 아픈 것을 알아주기를 바라는 것이다. 이처럼 말보다는 말하는 사람의 마음을 살펴서 듣는 것을 맥락적 경청이라고 한다.

대학을 졸업하고 도시에서 어렵게 직장을 구한 아들이 힘들고 외로울 때 집에 전화하면 엄마의 첫마디는 항상 "밥은 먹었니?"라는 말이었다. 마음의 위로를 받고 싶었던 아들은 엄마의 이 말이 답답하고 짜증이 났다.

"엄마는 왜 맨날 밥 이야기야?"

그러다가 어느 날, 아들은 엄마의 밥걱정이 곧 사랑한다, 응원한다는 엄마식 표현이라는 것을 깨닫고 그 답답함을 내려놓게 되었다고 한다.

스트레스를 줄이려면 소통이 중요하다. 괴로운 감정, 상대방 때문에 힘든 상황이라면 제때 그 사정을 표현하는 것이 필요하다. 잘 표현하는 것이 소통의 시작이다. 그런데도 사람들은 '꼭 말을 해야 알겠어?'라고 생각하며 내가 말하지 않아도 상대방이 알아서 배려해 주기를 바라다가 갈등을 고조시키게 된다. 왜 표현하지 않아도 상대방이 알아주기를 바라는가? 표현하기가 쉽지 않기 때문이다.

퇴근하고 집에 오면 소파에 비스듬히 누워 꼼짝도 하지 않고 TV만 보는 남편에게 아내는 선뜻 집안일을 좀 도와 달라고 말할 수가 없다. 몇 번 볼멘소리를 해 보았지만 들은 척도 하지 않는 남편이었기에 또 말해 봤자 마음만 상할 게 뻔하기 때문이다. 직장에서도 동료들 간에도 협조 요청이 쉽지 않다. 그러나 어렵더라도 필요한 요청은 해야 한다. 어떻게 해서든 제때 표현하는 것을 피하지 말자. 소소한 필요를 억누르다가 작은 불만이 속으로 쌓이면 어느 순간 폭발할지도 모른다.

7. 진심으로 용서하면 집으로 갈 수 있어요

"진심으로 용서하면 입원환자의 80%는 집으로 돌아갈 수 있다."

"고혈압 환자는 마음에 원한을 품고 사는 사람들이다."

이런 믿기지 않는 글을 어느 책에서 읽은 적이 있다. 이 말에 비추어 볼 때, 만약 당신에게 평소에는 잠잠하다가 어떤 계기에 불쑥 올라오는 뜨거운 분노의 감정이 있다면 의식의 세계를 넘어선 어둠 속에 진심으로 용서하지 못한 응어리가 맹렬하게 활성산소를 만들어 심신의 에너지를 갉아먹고 있는 것이다. 아직 과학으로 다 밝히지 못한 마음의 비밀들이 신경성이라는 이름으로 우리를 이 병원 저 병원으로 방황하며 돌아다니게 만들고 있다. 그 신경성의 가장 큰 줄기 중 하나가 분노와 용서이다.

내 경험으로는 당뇨를 앓던 할머니가 이웃 사람과 밤새 다투고부터 혈당이 조절되지 않았던 일이 있었다. 분노와 원한이 신체에 주는 파괴력을 눈으로 확인한 사건이었는데 하룻밤 사이 겪은 스트레스가 이쯤이라면 오래 묵힌 감정이 만든 골은 어느 정도일까 짐작하기 어려워진다.

"자녀를 노엽게 하지 말라"

이것은 성경에서 부모의 덕목으로 제시하고 있는 말씀이다. 조금 이상하지 않은가? 우리는 주로 부모가 자녀 때문에 노여워

하는 모습에 익숙하다. 자녀가 말을 잘 안 들어서, 공부를 못해서 부모는 늘 화가 나 있다. 그런데 자녀를 노엽게 하지 말라니 뜬금없는 말 같지만, 사실은 부모와 자녀간에 가장 흔한 얽힘이 부모의 일방적 압제에 의한 자녀의 억울함, 분노이기 때문이다. 심리치료 방법 중에 조명을 모두 끄고 큰 소리로 엄마나 아빠를 부르게 하는 것이 있다. 놀랍게도 그 외침 몇 번으로 자신도 모르게 마음 속 깊은 곳 떨림이 통곡으로 바뀐다고 한다. 부모와 자식은 그렇게 애증의 관계인 것이다.

원한은 먼 곳에 있는 사람이 아니라 지속적인 관계에서 주로 생긴다. 역설적이게도 미움은 가장 가까운 사람, 가장 사랑하고 응원해 주어야 할 가족 간에 훨씬 깊고 흔하게 생기는 감정이다. 부모와 자녀는 사랑의 대상이지만 한편, 강자와 약자의 역학관계이다. 부부관계가 원만하지 않거나 부모가 성숙하지 못하면 자기의 기분에 따라 자녀를 난폭하게 대하는 일들이 있고 때로는 몰라서 본의 아니게 상처를 주거나 편애로, 무관심과 방치로 아이에게 씻을 수 없는 고통의 기억을 만들기도 한다. 하지만 뜻밖에도 자녀는 자기를 버린 부모조차 어떻게든 이해하고 용서하고 싶어 한다.

"우리 부모님을 이해해요. 그럴 수밖에 없었거든요."

"그 분들은 최선을 다하셨죠. 전 원망하지 않아요."

겉으로 보면 이것은 용서이다. 자녀는 어른이 되었고 충분히 어른스럽다. 그러나 정말 그 자녀는 부모를 용서했을까?

세계적인 기업 애플사를 이끌었던 스티브 잡스는 미혼모에게 태어나 가난한 양부모 슬하에서 자랐다. 추후에 생부와 생모가 그를 찾았지만, 그는 끝내 그들을 만나주지 않았다. 2011년 췌장암으로 세상을 떠났을 때 그의 나이 56세였다. 많은 이들이 그의 죽음을 애도했다. 한 사람의 인생과 그를 떠나게 만든 병인에 대해 단정적으로 말하기는 어렵다. 그렇지만 출생과 성장이라는 삶의 뿌리에서 부모로부터 받은 거절감의 고통과 무관하지 않으리라 짐작할 수 있다.

용서는 흔히 이해와 한 단어처럼 읽힌다. 이해와 용서. 용서하려면 이해가 선행되어야 한다고 생각하는 것이다. 그러나 용서는 죄가 있는 사람에게 베푸는 은혜이지만 이해는 그의 입장에서는 그럴 수밖에 없는 필연성이 인정되어 결국 죄를 물을 수 없는 '무죄'에 가까워진다.

용서는 유죄에서, 이해는 무죄에서. 이 둘은 출발점이 다른 것이다. 그러므로 진정한 용서란 유죄의 선행판결이 있을 때 가능하다. 자녀들은 부모의 유죄를 인정하기를 두려워한다. 인정하는 순간 자기는 '나쁜 아이'가 되고 부모 또한 '나쁜 부모'가 되어 고통의 골이 깊어진다고 생각해서일지 모른다. 그러나 억지로 가리고 덮은 이해는 결코 용서될 수 없고 당사자를 평안으로 이끌어 주지 못한다.

기억 속을 떠도는 상처의 파편이 있으면 더 자세히 더듬어 앞뒤 완성된 그림을 만드는 것이 좋다. 일기를 쓰듯이 그때의 상황을 더듬어 떠올려보자. 아주 친한 친구나 상담자가 있으면 더욱더 좋겠다. 누군가 진심으로 들어주고 이해해 준다면 치유에 큰 도움이 될 수 있다. 이는 부모와 자녀 관계뿐만 아니라 형제나 친구 모든 관계의 아픔에 공통으로 적용되는 원리이다.

나의 입장, 그의 입장, 제삼자의 입장. 대충 얼버무리지 않고 파헤치고 조사하는 동안 마음이 더욱더 괴로울 수도 있지만, 기소와 변론이 있고 항소와 재항소를 거쳐 유죄의 평결이 내려지면 그때 비로소 용서의 환경이 만들어진다. 용서는 받는 자에게 가장 큰 은혜이며 선물이다.

용서의 자리에 고혈압은 없다. 관절염도 힘을 잃는다. 주는 자와 받는 자 모두에게 기쁨과 자유가 임하는 그 놀라운 경험을 왜 우리는 잘 누리지 못할까? 만화가 이현세 씨는 철부지 어린 시절 아버지에게 거짓말을 했었다. 크레파스를 산다고 받은 돈으로 군것질을 하고 좋아하는 만화를 보았는데 다음날, 새로 산 크레파스 좀 보자고 하시는 아버지에게 돈을 주시지 않았다고 시치미를 뗀 것이다. 잠깐 말이 없으시던 아버지는 모른 척 다시 돈을 주셨다고 한다. 아들의 거짓말을 아셨을 텐데 속아주신 것이다. 그로부터 얼마 후에 아버지는 갑자기 세상을 떠나셨다고 한다. 오래오래 아들의 마음에 울림이 되는 사랑을 남겨놓으신 채로.

용서는 큰 자가 작은 자에게 베풀 수 있다. 그러므로 용서하려면 내가 커져야 한다. 특별히 부모에게 아픔이 있는 사람은 이제는 어릴 적 상황이 종료되었다는 깨달음이 무엇보다 필요하다. 부모는 늙었지만, 자신은 다 큰 어른이 되었다는 인식이 용서의 첫걸음이 된다. 부모에 대한 상처가 이제도 펄펄 살아난다면 그는 무의식 속에 아직도 어린아이인 자신과 강압자인 부모의 구도를 만들어 놓고 있는 까닭이다. 원망과 죄책감은 이런 통과의례를 치르지 않고 급조된 용서에서 만들어지는 부산물이다.

6장

약사에게 물어보세요

…

6장 약사에게 물어보세요

"약사님, 꼭 뵙고 싶었어요."

먼 길을 마다치 않고 찾아와 준 분들이 하나같이 나에게 건네는 첫 마디이다. 나의 책으로, 유튜브로 내가 가진 경험과 지식을 전하고 싶다던 진심이 그분들에게 잘 전해진 것 같아서 나는 더욱더 기쁜 마음으로 그들을 맞는다.

약사로서 내가 아는 소소한 지식이 다른 사람들에게 이렇게 도움이 되고 호응을 일으키리라고는 이전에는 미처 생각하지 못했다. 주변에 의사나 변호사 한 사람 정도는 알고 지냈으면 좋겠다고 생각하는 사람들이 많을 것이다. 그분들이 가진 지식의 가치가 그들에게는 절실하게 필요하다는 것을 말해주는 것이 아닐까? 사람들의 이런 마음을 알아서인지 어떤 변호사는 자신의 유튜브 채널 이름을 '아는 변호사'라고 지었다.

우리는 누구나 친절한 사람을 좋아한다. 궁금한 것이 생겨 물어보면 콕 찍어 속 시원하게 알려줄 친절한 사람이 있다면 얼마나 좋을까?

초등학교 때 우리 집은 셀 수도 없이 많이 이사를 했다. 이사를 하느라 정신 없이 바쁜 아침에 엄마는 새로운 집의 위치를 대강 설명해 주면서 방과 후에 혼자서 잘 찾아오라고 했다. 80년대에도 이미 부산은 대도시였다. 그 속에 숨은 우리 집 하나를 찾기란 나에게는 복잡한 산수 문제보다 훨씬 어려운 숙제였다. 버스를 타고 지나치는 낯선 풍경들을 두 눈을 부릅뜨고 살펴보고 내렸지만 결국 그곳이 어딘지도 모르는 엉뚱한 곳이기를 수없이 반복했다. 무심히 지나치는 사람들….

길을 잃고 막막함에 흘리던 눈물에도 점점 이력이 날 즈음, 나는 용기를 내어 행인에게 길을 물어보았다. 그랬더니 신기하게도 조금 전까지 무심히 지나치던 행인이 나의 친절한 안내자가 되어 주는 것이 아닌가. 이런 경험을 통해 나는 사람들에게 무언가 도움을 청하는 것이 때로는 수월하게 문제를 해결하는 방법임을 알게 되었다.

약사나 의사는 국가에서 인정해준 면허를 가진 전문인들이다. 그들에게 물어보자. 지금은 인터넷 게시판에 궁금한 것을 올리면 바로 바로 답을 올려주는 편리한 시대이지만 가능하면 얼굴을 맞대고 상세히 물어 볼 수 있으면 더욱더 좋을 것이다. 의료나 약료서비스는 모든 국민이 누릴 응답 서비스이기 때문이다. 나는 사람들이 약국이나 병원 진료실에서 지금보다 더 많은 질문을 했으면 좋겠다.

고혈압이나 당뇨, 고지혈증은 요즘 가장 흔한 만성질환이다. 텔레비전이나 신문에서 많이 다루어서인지 대중적인 이해가 높아지긴 했지만 의외로 엉뚱한 오해도 많은 것 같다. 다음은 약국을 찾아오시는 분들이 나에게 많이 하는 질문들을 중심으로 정리해 본 것이다.

1. 혈당이 높은 것이 왜 병이 될까요

당뇨병이란 혈액 속의 당분 농도를 조절하는 능력을 상실한 질병이다. 당뇨병을 단지 혈당이 높은 병 정도로만 알고 있는 사람이 많다. 혈액 속의 당분은 일정 농도를 유지해야 한다. 예를 들어 한 끼를 건너뛰었더라도 혈당이 일정 수준 아래로 떨어지지 않아야 전신 세포조직에 안정적으로 에너지원을 공급할 수 있다. 간에 저장된 글리코겐을 분해하는 등 혈당을 올리는 시스템이 작동하는 것이다.

반대로 음식이 맛있다고 체내에서 조절할 능력을 넘어설 정도로 과식하는 경우 즉, 과부하 상태가 지속하거나 혹은 혈당을 낮추는 시스템 어딘가에 장애가 생기면 흔히 말하는 고혈당 질병인 당뇨병이 될 수 있다. 그런데 '당은 누구나 있는 거 아니냐'는 안일한 생각은 골치 아프게 혈당을 조절하려는 노력 없이 그냥 병원의 처방약만 먹으면서 편하게 살겠다는 것이다. 이런 생각은 생명유지를 위해 혈액 속에 기본적으로 꼭 있어야 하는 포도당 수치를 당뇨 수치로 오해해서가 아닌가 싶다. 하지만 당뇨는 생각보다 그리 만만한 질병이 아니다.

혈당이 높으면 왜 문제가 되나요?

이상하게도 당뇨 환자의 혈액 속 당분은 세포조직에 들어가 영양분으로서 공급되지 못한다. 처음에는 그 원인이 단지 췌장 호르몬인 인슐린 부족에 있다고 생각하였지만 의외로 당뇨 환자의 상당수는 혈중 인슐린 농도가 높았다. 풍요 속의 빈곤이랄까. 홍수 때에 마실 물이 없는 것처럼 당뇨 환자의 신체조직 세포는 영양분을 제대로 공급받지 못해 굶주리게 된다. 또한 높은 당분은 혈액의 흐름을 나쁘게 한다.

혈액순환이 얼마나 중요한가?

고혈당이 혈액의 흐름을 방해하는 것은 그 자체로 중대한 의미가 있다. 진한 설탕물처럼 끈적한 피를 생각해 보자. 점도가 높은 피는 모세혈관을 잘 돌 수가 없게 되어 신체 말단부위인 발가락이나 눈의 망막 같은 곳에 있는 혈관이 딱딱해지기 쉽다. 신장의 사구체 속에 모세혈관이 경화되면 당뇨병성 신증을 앓게 되고 혈액이 잘 돌지 않으니 신경과 피부도 약해져서 작은 상처만 생겨도 쉽게 악화된다. 혈당조절은 당장 혈액의 흐름을 좋게 하기 위해서라도 필요하다. 당뇨병성 신증이나 망막증, 족부괴저 등은 모두 혈액의 흐름과 관계가 있고 또한 신경 손상을 비롯한 면역력 저하와도 연계되어 있다.

당뇨약을 먹으면 어지러운데 혹시 부작용인가요?

당뇨약의 가장 큰 부작용은 저혈당이다. 저혈당이 되면 어지럼증이 생긴다. 만약 당뇨약을 먹고 어지러웠다면 즉시 대책을 세워야 한다. 우선은 사탕이나 진한 설탕 커피를 마셔서 저혈당 증세를 가라앉혀야 하고 다음은 약이 내 몸 상태에 비해 강한 것인지 처방의와 상의해 보고 약을 바꾸도록 해야 한다. 대부분의 환자들이 이럴 때 처방의에게 자신의 증상을 말하고 약을 조정해야 한다는 사실을 알지 못한다. 내 몸의 직접적인 관리는 의사가 아닌 내가 하는 것임을 꼭 기억하자. 의사가 내린 처방이라고 무조건 믿어서는 안 될 것이다. 부작용이 있는지 잘 살펴보고 멋대로 약을 중단하거나 해서도 안 된다. 당뇨를 두통처럼 참으면 된다고 생각하는 사람조차 있다. 작은 증상이라도 항상 의사나 약사와 의논해서 조치하려는 자세를 가지는 것이 좋다.

당뇨약을 먹는데 비타민을 또 먹나요?

비타민과 당뇨약 중에 어떤 것이 우선일까? 당뇨병을 앓는 사람들은 보통 한 번에 먹는 약이 몇 알씩 된다. 한 알만 처방받았다 하더라도 복합제로 된 약인 경우에는 실제로는 두 가지 이상 약을 먹고 있던 셈인데 혈압이 있거나 관절염이 있으면 약의 가짓수는 더욱 늘어난다. 그런데도 몸에 좋다고 비타민을 또 먹어야 할까? 그렇다. 모든 당뇨약, 혈압약, 고지혈증약은 설명서에는 보조제라고 명시하고 있다.

보조치료제!! 사람들은 비타민이나 건강보조식품을 보조제라고 알고 있지만, 사실은 처방받은 당뇨약이 보조제이다.

다음은 설명서 첫머리이다. '이 약은 혈당조절을 위해 식사요법, 운동요법의 보조제로 투여한다.'

이에 반해 비타민은 음식으로 섭취할 수 없는 고용량을 치료 목적으로 복용하는 것이므로 적극적인 식이요법이다. 소극적인 식이요법이 해로운 음식을 피하는 것이라면 권장되는 음식을 선택해서 집중적으로 섭취하는 것을 적극적 의미의 식이요법이라고 할 수 있다. 비타민 미네랄은 운동과 함께 당뇨병이나 고혈압, 고지혈증으로 대표되는 만성질환을 치료하기 위해 약보다 우선으로 선택되어야 하는 중요한 치료법이므로 약사의 상담을 통해 어떤 비타민을 얼마만큼 섭취할지 정해서 반드시 복용해야 한다. 그렇다고 처방약을 아예 먹지 말고 비타민을 먹으면 낫는다는 말은 아니니 오해없길 바란다.

혈당을 조절하기 위해 처방약을 먹다 보면 사람들은 의사의 권유로 처방되는 약에 지나치게 의존하게 된다. 매일 꼬박꼬박 약을 챙겨 먹는 것에 정성을 쏟고 매달 주치의를 만나다 보면 의사가 다 알아서 해 줄 것이라는 믿음을 갖게 된다. 그러나 환자가 말하지 않은 것을 다 아는 의사는 어디에도 없다. 대부분 한 달치의 처방을 받으니 한 달 동안 내 몸이 겪는 세세한 변화를 의사가 헤아릴 수는 없는 것이다. 애초에는 내 몸에 잘 맞았다 하더라도 다음에 달라질 수 있고 다른 사람에게 없던 과민반응이 내 몸에 나타날 수도 있기 때문이다. 그러므로 처방받은 약을 먹다가 조금이라도 이상 증세가 나타나면 기록해 놓았다가 진료받을 때 반드시 물어보는 습관을 들여야 한다. 특히 어지러운 것은 일시적이었더라도 약의 용량을 줄여야 하는 싸인일 지도 모른다. 앞서 말한 대로 혈당은 높은 것보다 낮은 것이 훨씬 위험하다. 당뇨병이 있는 사람들은 혈당조절능력이 약해서 평소 고혈당이었다가도 어느 순간 걷잡을 수 없는 저혈당 쇼크로 빠질 위험이 항상 있다. 저혈당은 당뇨약의 가장 흔한 부작용이므로 처방할 때 주치의가 참고할 수 있도록 관련 증상(특히 어지럼, 손떨림, 추위, 정신혼미함 등)을 세세하게 말해 주어야 한다.

아무리 친절한 의사라도
가기 싫은 산책길을 나와 함께 가 줄 수 없고,
불규칙한 식사습관을 고치도록 코치해 줄 수 없다.
그렇지만 모든 만성질환,
특히 당뇨 치료의 기본은 운동요법과
식습관의 교정이다.
처방약은 이런 모든 노력에 동반하는
보조 치료제일 뿐이며 반드시 부작용이 뒤따른다.

당뇨약을 먹고 있다면 약사에게 자주 질문해서 이 약의 부작용은 무엇인지, 약의 용량을 늘리거나 줄여나갈 수 있는지 물어보자. 감기약이나 두통약은 잠깐 먹는 약이므로 부작용을 크게 우려하지 않아도 되지만 당뇨약은 수십 년씩 지고 가야 하는 짐과 같으므로 최대한 가벼워야 한다는 것을 꼭 기억하자.

당뇨에는 어떤 영양제가 좋을까?

맥주효모 제품, 베타글루칸, 메가 비타민B,
비타민C, 마그네슘, 토코페롤…

맥주효모

보통 민간에서 당뇨에 좋다고 하면 혈당을 떨어뜨리는 효과를 말한다. 맥주효모는 혈당 유지에 도움을 줄 뿐 아니라 겉으로는 실해 보이더라도 속으로는 영양실조 상태인 당뇨 환자에게 면억력을 높이는 영양 공급제로 더 추천된다.

'왜 술이야?'

맥주효모라고 하면 술이 아니냐며 웃는 사람들이 많다. 이름처럼 이것은 맥주를 발효시킬 때 위에 뜨는 찌꺼기에서 처음 유래했다. 50%는 천연 단백질로 비타민B군과 셀레늄, 크롬 같은 미량미네랄이 풍부하다. 요즘은 탈모증 치료제로 주목 받고 있지만 본래 간장질환, 당뇨 치료에 꼭 필요한 영양제이다. 당뇨치료제가 간에 부담을 주는 약인 것을 생각하면 맥주효모가 더욱 필요하다. 맥주효모 속에는 GTF(glucose tolerance factor)-Cr라고 하는 내당인자가 풍부하다. 내당인자란 혈당이 출렁거리는 것을 방지하는 성분으로 식사를 거르거나 과식을 하더라도 혈당이 안정적인 레벨을 유지하도록 하기 때문에 당뇨병 치료에 특히나 도움이 된다.

당뇨라는 병은 혈액 속에만 당분이 넘칠 뿐, 세포는 영양분을 공급받지 못해서 기아 상태에 있게 한다. 기운이 없어서 기력보충을 위해 먹는 보양식으로 잘 알려진 흑염소나 개소주는 흡수도 되지 않고 신장만 손상시키는 역효과를 낸다. 이처럼 세포가 배

고파도 좋은 것을 먹을 수 없는 당뇨 환자에게는 맥주효모가 그 해결책이 되는 셈이다. 맥주효모의 단백질은 당뇨 환자에게 흡수가 쉬워 면역력을 증가시키는 효과가 있고 천연비타민, 미네랄까지 덤으로 공급해 준다.

베타글루칸

맥주효모에 한 가지 흠이 있다면 입맛을 당겨서 체중이 불어날 수 있다는 것인데 만약 그렇다면 베타글루칸을 권한다.

이것은 표고버섯 균사체에서 추출한 면역증강물질이며 효모제품으로는 가장 고품질 군에 속하여 당뇨 환자 뿐 아니라 면역력이 약한 사람, 자주 피로를 호소하는 거의 모든 사람에게 추천할 수 있다. 우리 약국 사례로는 탈모 증상을 보이던 분이 베타글루칸을 먹고 머리숱이 많아진 사람이 있었고 만성 기침, 비염, 아토피, 검버섯에도 효과가 있었다.

비타민 B-50 또는 100

비타민B는 복합제로 1번부터 12번까지 있다. 삐콤으로 더 잘 알려진 B는 따로 작용하지 않고 서로 협동하여 일하므로 예를 들어 3번 니아신이 관절염에 좋다고 하여도 단독제품이 아닌 복합제로 먹어야 한다.

당뇨뿐 아니라 거의 모든 만성질환에 비타민 B를 뺄 수가 없는 것은 체내 에너지 대사과정과 면역반응에 모두 필수적으로 이 비타민이 관여하는데다가 다수의 처방약물들이 이 비타민의 결핍을 일으키기 때문이다.

당뇨약 중에서 널리 쓰이는 메트포르민은 간독성이 있고 비타민B12와 B9의 장내흡수를 방해한다. 그러므로 당뇨 처방약을 복용하는 환자라면 반드시 비탐민B의 보충이 필요하다.

고단위 비타민B는 당뇨병으로 손상된 신경을 복구하여 손발저림이나 말초부위 감각장애를 예방 치료하는데 특공대가 될 수 있다. 종합영양제 안에 포함된 적은 용량보다는 되도록이면 100단위 혹은 최소한 50단위 이상의 메가비타민을 권장한다.

비타민 C

약국에 와서 "비타민 하나 주세요"라고 하면 약사의 머릿속에는 얼마나 많은 형태의 약들이 스쳐 지나가는지 사람들은 모를 것이다. 비타민이란 A부터 Z까지라는 말이 있는 것처럼 종류나 형태가 다양하다. 손님이 무엇을 원하는지 스무고개로 추적

해 들어가다보면 사람들이 말하는 비타민이란 비타민C인 경우가 가장 많았다.

비타민C는 서울대학교 이왕재 교수님이 그 특효를 역설하면서 온 국민이 약국으로 몰려와 찾는 바람에 한때 품귀현상을 빚기도 했었다. 그 결과 모 제약회사가 비타민C 한 품목으로 크게 성장했고, 사람들 사이에 보약보다 비타민을 먹는 새로운 트랜드가 생겨나기도 했다.

비타민C는 고용량에서 항바이러스 효과가 있어서 감기 초기에 시간당 500밀리 이상 복용하면 좋고, 대상포진 처방약인 항바이러스제와 함께 고용량을 쓰면 치료기간을 단축할 뿐 아니라 후유증인 피로감, 무력감을 현저히 줄일 수 있다. 결합조직의 합성측면에서는 골다공증, 관절염에 보조제로 쓰기도 하고, 피부탄력을 좋게 해서 콜라겐 대용으로 권장한다. 또 당뇨병 치료에 응용하면 무엇보다 항산화 효과를 통해 혈관, 신경의 합병증 예방에 좋은 결과를 얻을 수 있다.

프로바이오틱스(유산균)

프로바이오틱스란 체내 유익한 유산균집단을 일컫는다. 요즘처럼 기름과 하얀 밀가루, 설탕, 알코올의 섭취가 많은 식생활 환경에서는 장내독소를 차단하는 것이 매우 중요하다. 장내독소는 불완전하게 소화된 장내 음식물이 만들어내는 유독물질을 말하는데 간에 부담을 주고 아토피를 비롯한 피부질환, 천식, 그리고 관절염을 포함한 각종 염증을 일으키는 주범으로 인식되고 있다. 이 말썽 많은 장내독소 제거에 프로바이오틱스가 좋다.

프로바이오틱스를 제대로 먹으려면 복용했을 때 보장균수인 CFU가 100억은 되어야 한다. 치료목적이라면 요구르트 같은 발효유보다는 장용 캡슐에 충진된 제품을 선택하도록 한다. 장을 건강하게 하여 지용성비타민의 흡수에 기여한다. 당뇨 환자의 비만 문제, 콜레스테롤 문제와 함께 고혈압과 간 질환 예방을 위해 혈액을 맑게 하는 프로바이오틱스를 권장한다.

프로바이오틱스 외에 프리바이오틱스라는
유산균 먹이를 같이 넣은 제품을
신프로바이오틱스라고 하는데
이 경우에는 CFU인 보장균수가
100억이 아니어도 몇 배로 큰 효과를
볼 수 있어서 아주 좋다.

2. 혈압, 수치만 정상이면 될까요

혈압 정상치는 120에 80이죠?

사람들은 고혈압을 무서워한다. 고혈압 하면 흔히 말하는 중풍이 떠오르고 중풍에 걸리면 마음껏 활보하지도 못하고 꼼짝없이 누워 지내야 하는 자신의 모습이 떠오르기 때문이다. 이 끔찍한 결과의 원인이 모두 고혈압일까? 알고 보면 그렇지 않은데도 정육점의 눈금만큼이나 혈압의 수치가 정확히 120~80이라는 정상범주 안에 있어야 한다는 고정관념을 가지고 있다. 그러다 보니 조금 전에 병원에서 140이었는데 약국에서 다시 측정해보니 130이 나왔다며 약국 혈압계가 고장이 아니냐고 묻는 사람들이 의외로 많다.

혈압은 심장 펌프의 압력이다. 식후 위장의 소화작용을 우리가 인지하지 못하는 것처럼 심장 박동이나 압력도 내 의지와 무관하게 자율신경의 지배를 받는다. 신체 움직임뿐 아니라 마음상태에 따라서도 온몸의 조직에서 요구하는 산소나 영양분의 요구량은 달라진다.

심장은 자율신경의 엄격한 조정하에 전기자극으로 박동하기 때문에 매 순간 오르락내리락할 수밖에 없는 것이다. 그런데도 혈압이 늘 변함없이 120~80이라면 혈압측정기의 고장이 아니라 심장이 고장 나지 않았을지 의심해봐야 한다.

사람의 키와 체중의 정상치가 특정 숫자로 정해질 수 없는 것처럼 혈압에도 120이라는 숫자가 아닌 정상범주가 있는 것이다. 수축기 혈압을 기준으로 볼 때 100~130 모두 정상으로 보아야 한다. 만약 혈압약을 복용하고 있는 경우에는 흔히 120 혹은 120 이하가 되어야 안심이 된다고 하지만 때에 따라서 130~140이 되어도 정상으로 볼 수 있다. 120 이하, 100 이하로 떨어지는 경우에는 오히려 약의 용량을 줄이든지 며칠 약을 중단해야 할 수도 있다.

약을 줄인다고? 그러다가 혹시 중풍 오는 거 아냐? 사람들의 걱정스러운 반문이 지금 내 귀에 들리는 것 같다.

고혈압은 대개 150 이상일 때 약을 처방한다. 만약 혈압이 100 이하로 떨어지면 사람에 따라서는 어지럽다거나 만사가 귀찮고 무기력해지는 경우가 많다. 증상을 느끼지 못하더라도 신체 내 자율신경에서 150 이상을 유지하도록 끌어올린 혈압을 갑자기 떨어뜨리면 몸에서 혈액이 흐르지 않는 부위가 생기면서 문제를 일으킬 수 있다. 하필 그 부위가 뇌혈관이라면 뇌경색이 올 수도 있다. 뇌출혈을 피하려다 뇌경색이 온다면 너무 억울하지 않겠는가.

정리하면, 정상적인 혈압 수치는 120~80으로 고정된 것이 아니다. 혹시 고혈압으로 약을 복용하고 있다면 135 정도가 되어도 정상 수치이고 오히려 120 이하로 낮으면 약의 용량이 과하지 않은지 주의를 기울여야 한다.

혈압약은 한 번 먹으면 평생 먹어야 하죠?

사람들은 혈압약은 한 번 먹기 시작하면 평생 먹어야 한다고 믿고 있다. 이런 잘못된 믿음 때문에 반드시 약을 먹어야 하는 고혈압 환자들까지 평생을 겪어야 할 불행한 운명을 피하고자 약을 먹지 않고 막연히 참고 견딘다. 그러다가 결국 사건이 터지고 나서야 마지못해 약을 먹는다. 반면 의사의 처방을 너무 신뢰한 나머지 저혈압(기립성 저혈압 포함) 증세로 어지럽고 기력이 없는데도 신앙처럼 굳세게 약을 챙겨 먹는다.

고혈압약의 가장 흔한 부작용은 근육통, 가슴 통증과 함께 어지럽고 무력해지는 저혈압 증상이다. 혈압 수치를 정상으로 유지하는 것도 중요하지만 일상생활을 유지할 수 있도록 평소에 컨디션을 잘 조절하는 것도 간과해서는 안 된다.

처방약을 복용하는 사람은 자신의 몸 상태를 잘 체크해서 의사나 약사와 상담하여 증상에 따라 약을 바꾸거나 용량을 조절하도록 하자.

혈압은 우리 몸 구석구석에 혈액을 돌게 하는 섬세한 생명작용이다. 혈압약을 복용하면 그 섬세한 시스템의 한 부분을 차단하거나 방해하기도 하고, 상호 연결된 다른 시스템에 교란을 일으킬 수 있다. 이것이 심하거나 오랜 기간 방치했을 때 의도하지 않게 부작용이 생기기도 한다. 그러므로 혈압약을 복용할 때는 120~80이라는 수치에만 너무 연연하지 말고 고혈압 합병증을 예방하겠다는 최소한의 효과만을 노리는 것이 좋다.

요즘 처방되는 **고혈압약의 원리**는 크게 다음과 같다.

(1) 혈관을 넓혀준다. – 수도꼭지에 끼운 호스를 생각하면 이해가 쉽다. 수도꼭지에 호스를 키우고 호스 끝을 손으로 누르면 관이 좁아지면서 물줄기가 세어진다. 반대로 수도꼭지에 구멍이 넓은 호스를 끼우면 물이 힘없이 흐르는 원리이다.

(2) 혈액을 뿜어내는 심장근육의 힘을 뺀다. - 듣고 보면 좀 무섭기도 하지만 말 그대로 심장근육의 힘을 빼면 압력은 당연히 낮아진다.

(3) 혈액의 양(부피)을 줄인다. - 어떻게 이것이 가능한 지 쉽게 이해가 되지 않겠지만 우리 체내에는 간과 신장이 이런 시

스템을 운영하고 있어서 필요에 따라 혈압을 올리기도 하고 낮추기도 한다. 그런데 인위적으로 이 시스템을 차단하거나 방해하여 혈압을 낮추므로 세심한 주의가 필요하다.

그 외에 이뇨제라고 하여 소변량을 늘리는 약을 써서 체액을 조절할 수 있다. 1번 계열의 약을 쓴다면 혈관이 넓어져서 혈압이 낮아지기 때문에 손발이 저리거나 차가워질 수 있다. 넓어진 혈관으로 인해 신경이 압박을 받아 두통이 올 수도 있다. 또한 혈압을 올리려는 체내 반응에 제동이 걸리므로 반대로 심장 박동이 빨라질 수 있다. 이것을 빈맥이라고 하며 심하면 가슴이 답답하고 두근거린다는 괴로움을 호소하는 사람들도 종종 있다.

2번 계열의 약을 쓰면 심근의 힘을 빼니 전신 근육에도 영향을 미쳐서 몸이 무겁고 무기력해질 수 있다. 심장 박동이 기준치 이하로 떨어져 심장이 너무 천천히 뛰는 서맥이 올 수도 있고 성기능 장애가 오기도 한다.

3번 계열은 주로 신장에 작용하는 약으로서 가장 흔히 사용되는 최첨단 약물이지만 체내 전해질 농도에 영향을 미치므로 관절통, 근육통이나 요로감염, 피로감이 올 수 있다.

내가 복용한 혈압약이 내 몸에 어떻게 작용하는지, 어떤 부작용이 올 수 있는지 반드시 잘 알고 있어야 평생 내 소중한 삶을 이런 약들에 의존하지 않고 적극적으로 내 몸의 주인으로 건강을 돌보며 살 수 있다.

정리하면, 혈압약은 평생 먹어야 하는 약일 수도 있고 아닐 수도 있다. 식이조절, 체중조절, 운동 등으로 치료가 가능하다는 것이다. 만약 혈압약을 복용하고 있으면 어떤 기전으로 내 몸에 작용하는 약인지 잘 알고 신체 변화를 체크해서 의사나 약사에게 문의해야 한다. 이 과정에서 약의 종류와 용량을 내 몸에 맞게 수정할 수 있는 것이다.

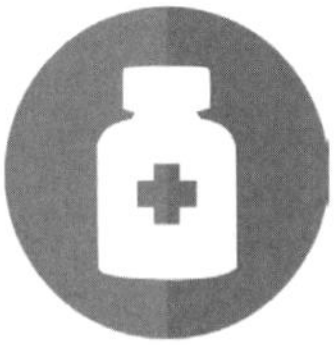

3. 아스피린은 아무나 먹는 혈액 순환제인가요?

수십 년 전에 가난한 사람들 사이에 잘 알려진 보약이 있었다. 평소에 먹어 두면 좋다는 그 약은 다름 아닌 '마이신'(항생제를 일컫는 옛 생활용어). 어떻게 항생제가 보약으로 둔갑할 수 있을까 의아하지만 위생관념이 부재한 열악한 환경에서 감염증으로 목숨을 잃었던 그 시대 상황을 생각하면 충분히 이해할 수 있다. 그런데 요즘은 '아스피린'을 혈관보약으로 몰아가는 분위기이다. 분명 이 약은 진통제이지만 매일 먹어 두면 혈액순환도 잘 되고 '풍'도 예방되는 것으로 소문이 나서 무턱대고 약국에 와서는 아스피린을 찾는 사람들이 있다. 아플 때 진통제를 먹으면 큰일 나는 것처럼 약을 도외시하는 사람들조차 이 아스피린만은 '평상시에도 먹어 두면 좋은 약'으로 굳게 믿지만 과연 그럴까?

우선 아스피린은 사람들이 아는 것처럼 진통제이다. 해열이나 통증을 줄일 목적으로 1회 500밀리 용량을 섭취하는 원형의 흰색 알약이지만 위장장애 때문에 점차 먹는 사람들이 줄어드는 추세였다. 그런데 이 아스피린을 500밀리가 아닌 100밀리 이하의 작은 정제로 복용하면 혈전을 생성하는 것을 막는 효과가 있어서 심장병이나 뇌경색 등 혈관이 막힐 우려가 있는 환자들에게 예방 차원에서 처방되기 시작했다. 100밀리 이하 용량의 정식명칭은 '아스피린 장용정' 혹은 '아스피린 프로텍트'이다. 진통제로 쓰던 기존의 아스피린과는 분명히 다른 약으로 보면 된다.

아스피린 장용정이 갖는 효과는 혈전이 생성되는 것을 억제하여 피딱지라고 알려진 혈전이 생기지 않게 하는 것이다. 그럼 혈전은 우리 몸에 무조건 나쁜 것일까?

혈전의 가장 큰 역할은 지혈작용이다. 넘어지거나 다쳤을 때 처음에는 상처에서 피가 나다가 시간이 지나면서 피가 멈추는 것은 우리 몸의 자기방어기전으로서 혈전이 만들어졌기 때문이다. 만약 혈전이 만들어지지 않으면 출혈이 멎지 않아 작은 상처로도 응급실 신세를 지는 경우가 있다.

반대로 심근경색이나 협심증 또는 뇌경색처럼 혈관이 좁아지고 막혀서 문제가 되는 사람들에게 혈전은 큰 위험인자가 될 수 있다. 이런 사람에게는 당연히 출혈의 위험을 무릅쓰고라도 혈전 방지제인 아스피린을 처방해야 한다.

출혈은 상처뿐만 아니라 피부 속에서도 일어날 수 있다. 쉬운 예로 우리가 넘어져서 생긴 멍은 피부 속 혈관이 터져서 핏줄 바깥으로 혈액이 흘러나온 것이다. 아스피린의 부작용 중 가장 흔한 증상이 이처럼 몸에 멍이 자주 들고 잇몸에 충혈 내지는 출혈이 생기는 것이다. 중풍을 막기 위해 아스피린을 먹은 사람이 만약 아스피린으로 인해 출혈 성향이 커지는 부작용이 생긴다면 혈전을 예방하여 뇌경색을 막는 대신 뇌출혈로 쓰러질 수도 있는 것이다. 아스피린 장용정은 분명히 부작용이 우려되는 약이지 절대 먹어 두면 좋은 보약이 아니다. 혈액 순환제가 아니라 혈전 생성 방지제라는 것을 명심해야 한다.

약국에 와서 무작정 아스피린을 달라는 분에게 무엇 때문에 드시려고 하는지 그 이유를 물어보고 위의 내용과 같은 아스피린 복용의 위험성에 대해 이야기를 해드리면 귀찮은 눈빛이 역력하다. 이미 마음속에 아스피린에 대한 장밋빛 소문을 듣고 건강을 위해 먹어보려고 작정을 하고 왔는데 제동을 거는 약사가 어디 좋을 리가 있겠는가. 정말 이런 분들의 기대에 딱 맞는 좋은 약이 있다면 약사인 나도 당장 한번 취급해 보고 싶다.

삼황사심탕

삼황사심탕은 한방과립제 중에 아스피린보다 훨씬 안전하고 효과가 좋은 약이다. 사심이란 심장의 열을 꺼준다는 뜻이다. 심장의 피를 잘 돌게 하고 상체에 집중된 열과 혈을 하체로 분산시키고, 소염작용이 탁월하여 내장기관의 여러 염증에도 효과적이다. 스트레스가 많아 신경성 질병이 있는 사람들은 누구나 체질과 무관하게 복용할 수 있는 혈액순환제 겸 혈전 예방제로 손색이 없다. 그리고 무엇보다 부작용이 없어서 좋다. 예방 목적을 위해 복용하는 사람이라면 매일 한 포, 심혈관계 질환을 치료 중인 사람이라면 하루 세 포 정도가 적정하다.

<**삼황사심탕 응용하기**>

- 잇몸염증(이가 흔들리고 빠지는 사람)
- 얼굴이나 등이 열로 달아오르는 중장년층
- 장이 좋지 않아 설사가 잦은 사람
- 술을 많이 마시는 애주가
- 신경이 예민하여 불면증에 시달리는 사람
- 집안에 심장질환 병력이 있는 사람
  (혈액순환에 겸 혈전 예방 목적)

4. 콜레스테롤 수치 때문에 괴로워요

콜레스테롤 수치는 혈액 속의 기름기를 말한다. 이 기름기의 수치가 높아진 것이 고지혈증인데 심장과 혈관 질환을 일으키는 원인으로 지목되고 있어서 관리가 필요하다. 고지혈증의 치료는 식이요법과 운동요법 등이 우선이지만 대개 생활습관의 개선보다 간편한 병원처방약에 의존하기가 쉽다.

고지혈증은 왜 생기는 것일까? 옛날 사람들보다 현대인들이 기름기가 많은 음식을 자주 접하기 때문일 것으로 생각하기 쉽지만 술을 마시지도 않고 식사량도 그다지 많지 않은 마른 체형의 노인들에게도 고지혈증은 흔히 있다. 그런 노인들이 약국에 오면 하소연 하듯 이렇게 푸념한다.

"이상해. 난 기름기 많은 음식도 싫어하고 잘 안 먹는데 왜 고지혈증이 생기나 몰라. 매일 된장에 김치만 먹거든… 어쩌다가 한 번씩 고기를 먹었는데 병원에서는 그것마저도 먹지 말라고 하네."

체내 콜레스테롤은 85%가 간에서 합성되기 때문에 절에서 수행하는 스님도 고지혈증에 걸릴 수 있다. 그러면 무엇으로 콜레스테롤을 합성할까? 그리고 그 콜레스테롤을 어디에 쓰는 것일까?

이불집에 가면 커다란 솜이불이나 베개를 압축시켜서 납작하게 만드는 청소기처럼 생긴 장치를 볼 수 있다. 탄수화물, 단백질, 지방 이 세 가지는 모두 열량을 갖는 에너지원이지만 지방의 그램(g)당 칼로리가 두 배 이상 높다. 즉, 단백질과 탄수화물을 그대로 저장하는 것보다 지방으로 바꾸어 저장하면 훨씬 작은 부피로 압축할 수 있게 된다. 우리 몸은 이런 효율을 고려하여 지방이 아닌 탄수화물과 단백질도 쓰고 남은 것을 저장할 때는 언제나 지방으로 바꾸어 부피를 줄인다. 이때 이 지방의 운반 형태가 혈중 콜레스테롤 수치를 이루기 때문에 굳이 기름기를 많이 먹지 않아도 과잉의 탄수화물, 단백질이 있으면 고지혈증이 생기게 된다.

그렇지만 공급이 많아도 수요가 높으면 높은 콜레스테롤 수치를 걱정할 이유가 없을 것이다. 과식하지도 않고 기름기를 많이 먹지도 않는 노인이 고지혈증이라면 콜레스테롤의 수요가 없어서 합성된 콜레스테롤이 적체된 까닭이라고 볼 수 있는데 이것이 바로 에스트로겐, 테스토스테론 같은 성호르몬과 부신호르몬, 담즙산처럼 콜레스테롤을 원료로 생합성되던 생체 필수 물질들이 덜 만들어지기 때문이다. 수요는 적은 데 간에서 만들어지는 콜레스테롤은 여전히 많다 보니 자연히 혈중 콜레스테롤 농도가 올라가는 것, 이것이 마른 체형의 노인에게도 고지혈증이 생기는 이유이다.

그러면 고지혈증의 예방이나 치료를 위한 생활요법은 무엇일까? 고지혈증이나 당뇨는 특히 생활요법이 중요하다. 술과 고기로 즐기던 저녁 회식 자리를 털고 일어나 운동을 하러 가는 것, 커피와 도넛과 햄버거를 담백한 밥상으로 바꾸는 것, 늦게 자고 늦게 일어나던 생활방식을 바꾸는 것, 소파에 비스듬히 누워 TV나 스마트폰을 보던 시간에 부지런히 몸을 움직여 청소해 보는 것. 이제까지 살아오던 방식을 하루아침에 바꾸는 것이 어디 그리 쉬운 일이겠는가? 하지만 칙칙하고 낡은 집에서 산뜻하게 꾸민 새 집으로 이사를 하듯 나의 일상을 바꾸면? 무겁고 피곤하던 몸이 가볍고 산뜻하여 설레는 하루하루가 될지도 모른다.

고지혈증에 걸린 사람이 기름진 음식을 조절하여 덜 먹으면 콜레스테롤의 혈중 수치가 떨어지겠지만, 한편으로 간에서 생합성 되는 양이 늘어나므로 결국 음식조절에 의한 콜레스테롤 변화는 미미하게 된다. 한 때 계란이 콜레스테롤의 주범처럼 지목을 받은 것도 이런 의미에서는 맞지 않는 논리이다. 음식 섭취보다 더 큰 요인은 바로 콜레스테롤의 수요이다. 젊어서는 부신호르몬, 성호르몬, 담즙 등 다른 체내의 필요물질들을 만드는 원료로 소모되므로 혈중 콜레스테롤 농도가 적정 수준이 유지되지만, 나이가 들어 갈수록 생체 기능이 떨어지면서 콜레스테롤의 수요가 줄어든다. 그런데도 간에서 만들어지는 콜레스테롤은 변함없이 합성되니 혈중 농도가 높아질 수밖에 없다. 그러므로 콜레스테롤은 연령대에 맞게 달리 관리해야 한다.

나이가 젊을수록 식이에 의한 요인이 크므로 과식을 피하고 과체중인 사람은 체중을 줄여야 한다. 기름진 음식을 적게 먹고 규칙적인 식사습관을 갖도록 노력하고 특히 야식은 가능한한 하지 말아야 한다. 같은 음식이라도 야간에 먹고 바로 잠자리에 들게 되면 탄수화물인 밀가루나 쌀조차 체내에서 기름으로 바뀌어 저장된다. 기름 즉, 지방이 과잉에너지의 가장 효율적인 저장수단이기 때문이다.

이와 달리 중년을 지나 노년으로 갈수록 콜레스테롤의 섭취보다 수요에 문제가 있는 것이므로 과잉 콜레스테롤을 소모할 수 있도록 치료계획을 세워야 한다. 노인의 경우 콜레스테롤을 소모하는 성호르몬 합성이나 부신호르몬 합성을 다시 왕성하게 일으킬 수는 없지만, 운동을 통하여 근육을 발달시키면 상당 부분 개선의 여지가 있다. 운동은 노인뿐 아니라 중년층에도 만성질환의 예방 치료에 빠질 수 없는 출구이다. 젊은 사람들은 다소 과격한 운동을 하면서 열량을 소모하는 것이 좋지만 중년부터는 약간 숨이 찬 정도가 적당하다. 무엇보다 근육을 만들 수 있는 파워트레이닝을 적극적으로 권장하고 싶다. 고지혈증과 당뇨병의 치료에는 근육을 만드는 운동이 탁월한 효과를 보인다. 그 외에 코엔자임큐텐과 오메가3, 비타민 B 메가 요법이 아주 유용하다. 여기에

다 로제토 마을 사람들처럼 즐거운 밥상공동체를 만들면 노년의 외로움과 스트레스가 날아가면서 심장병 걱정도 줄어들 것이다.

정리하면, 체내 콜레스테롤의 85%는 간에서 생합성된다. 고지혈증의 원인은 과식, 비만, 기름진 식사도 있지만, 노인의 경우에는 생리기능이 떨어져서 콜레스테롤의 소모량이 줄어든 것이 주요한 원인이다. 채식 위주의 식사를 하는 노인이라면 고기를 먹지 않는 것 보다는 근육운동과 코엔자임큐텐, 오메가3, 메가비타민을 섭취하는 것을 권한다.

5. 골다공증 치료 중에 피해야 할 것

* 골다공증 처방 약물인 비포스포네이트 계열의 알렌드로네이트, 이반드로네이트, 리세트로네이트의 부작용을 말한다.

골다공증 치료 도중에 치과 임플란트 시술을 받으면 턱뼈가 괴사될 수 있다는 다소 믿기 어려운 정보를 접하신 분들이 있을 것이다. 골다공증 치료로 약한 뼈를 튼튼하게 하면 잇몸 속에 인공 치아를 심는 임플란트에 오히려 도움이 될 수도 있을 텐데 왜 턱뼈가 괴사된다는 것인지 상식적으로는 도저히 이해가 되지 않을 것이다.

여기서 한 가지 짚고 넘어가면 좋은 칼슘에 관한 이야기가 있다. 사람들은 뼈를 칼슘 덩어리로 알고 있지만, 그 칼슘이 단지 뼈 조직 속에 가만히 고정되어 있지 않고 수시로 들락거리는 바쁘신 존재라는 사실은 잘 알려지지 않았다. 연구 결과에 의하면 성인의 뼛속에 들어있는 칼슘의 20%는 매년 새로 흡수되어 교체된다. 이 과정을 통해 묵은 뼈가 파괴되고 새로운 뼈가 만들어진다. 칼슘의 기능을 살펴보면, 99%의 칼슘은 뼈와 치아의 구성성분으로 우리 몸의 골조를 이루고 있고 나머지 1%가 혈액이나 근육 속에서 여러 가지 작용을 한다. 예를 들면 산과 알칼리의 균형을 유지하는 역할, 근육의 운동(골격근뿐만 아니라 심장, 혈관의 수축 이완을 포함) 신경 신호전달, 혈액 응고 등이 있다.

칼슘은 음식으로 공급되고 체내에서 소모되므로 혈액과 근육 속에 칼슘 농도는 그때그때 상황에 따라 적절히 조절되어야 한다. 그러기 위해서는 칼슘이 너무 많으면 남는 칼슘을 모아 저장해야 하고 반대로 부족하면 빼서 쓸 수 있는 저장고 같은 곳이 바로 우리 뼈이다. 그러니까 뼈는 가만히 고정된 것이 아니라 수시로 칼슘이 드나들며 움직이는 역동적인 조직인 것이다. 그런데 녹아 나오는 양보다 다시 뼈로 들어가는 칼슘양이 적으면 뼈가 약해지면서 구멍이 생기는 골다공증이 된다. 나이가 많아지면 칼슘을 많이 먹어도 흡수가 잘 안 될 뿐 아니라 그나마 뼈에서 칼슘은 녹아 나오기만 할 뿐 다시 뼛속으로 침착이 잘되지 않는 악순환이 이어지면서 골다공증이 심해진다.

예전에는 골다공증이 단지 칼슘 섭취가 적어서 그런 줄 알고 멸치나 유제품을 많이 먹도록 했지만, 그보다 주원인이 녹아 나오는 칼슘양이 많아서라는 것이 밝혀지고부터는 골다공증 치료제는 칼슘이 뼈에서 녹아 나오는 것을 막는 방향으로 맞춰지게 되었다.

뼈에서 칼슘이 녹아 나오는 것을 막는 약물!
골다공증 치료제의 맹점은
바로 이 칼슘이 들락거리는 것을 막아버린다는 것이다.
칼슘이 뼈를 들락거리는 것은

근육과 혈액에 필요한 칼슘을 공급하고
거둬들이는 의미도 있지만 동시에
묵은 뼈를 새로운 뼈로 교체하는 과정이기도 한데
이것을 막아버리니…
마치 고인 물이 썩는 것처럼 묵은 뼈가 상하게 되는 것이다.

그러므로 골다공증 치료도 단순히 병원 처방약물만 의지할 것이 아니라 근육을 만드는 운동을 병행하여 치료 약물의 복용 기간을 줄이도록 해야 한다.

Epilogue

쉼은 참 아름답다!

한 번도 시외로 나가는 버스를 타본 적이 없던 친구가 있었다. 여고 3학년 때 우리 반 반장 이야기이다. 스무 살 대학 1학년 때, 그 친구는 서울에서 대학을 다니는 나를 만나러 부산에서 생전 처음으로 서울행 고속버스라는 걸 탔다. 얼마나 설레었는지 차창 밖으로 지나는 풍경만 봐도 가슴이 설레고 황홀했다고 한다.

이윽고 휴게소에 도착했는데 이 친구는 그 주변 자연 풍경에 취해서 홀로 휴게소 뒤편을 걷다가 맑은 개울물을 발견하고 감동했다. 서울 사람 처음 청계천 물 만난 격이었을 것이다. 맑은 개울물은 부산 도심지 한복판에만 살았던 친구의 맘을 빼앗기에 충분히 아름다웠다.

맑은 하늘에, 푸르른 숲에, 맑은 개울물에 취했다가 얼마나 시간이 지났을까 정신을 차리고 휴게소로 돌아왔더니 타고 가야 할 버스는 이미 서울로 출발해 버린 뒤였다. “잠시 쉬었다 가겠습니다.”라는 운전사의 멘트가 딱 10분이었다는 것을 정말 몰랐다고 한다.

휴게소의 행복했던 쉼은 그렇게 우습게 끝나버렸지만 그래도 쉼은 참 아름답다! 나는 성경 사도행전에 나오는 사도바울의 쉼을 좋아한다.

사도행전 24장 27절 ‘이태가 지난 후’

죄수로 재판을 받던 시간이 무려 2년이 된 것이다. 복음을 전하다가 죄수의 신분이 된 채 감옥에서 지낸 시간이 어떻게 쉼이 될 수 있을까? 그러나 사도행전을 전체적으로 살펴보면 자신을 죽이려는 악한 자들의 손을 피하고 마지막 선교지인 로마로 떠나기까지 쉴 수 있는 안전기지가 감옥이었다는 것을 알 수 있다.

처음부터 내가 원하는 모양대로 오지는 않더라도 결국 좋은 선물이 되는 것들이 있다. 2009년 사법고시에 낙방하고 건강이 무너져 이도 저도 못 하던 시간. 원치 않는 쉼이었지만 지나고 보니 약사로서 나를 새롭게 하는 전환점이 되었다. 아픈 사람에게 아픈 이들이 더 잘 보인다. 요즘도 나를 찾아오시는 손님들을 맞으며 한 분 한 분 당신들의 지나간 젊음과 꿈을 나에 빗대어 느끼곤 한다. 아픔은 시간을 정지시킨다. 정지된 시간 속에 낙심할 수도 있지만, 이제껏 삶을 지탱해준 내 몸과 마음을 들여다보고 새롭게 점검할 수 있다면 일부러라도 만들어볼 가치 있는 경험이다.

유튜브 진약사톡 덕분에 수많은 사람에게 인정받고 또 그간의 경험을 통해 생기산을 만들기까지 수년이 화살처럼 지나갔다. 첫 책 <아파도 괜찮아>를 보강, 편집해야 한다는 부담을 이제야 털면서 오랜만에 쉼을 누려 볼 수 있을 것 같다.

나의 큰 후원자인 남편 박찬선 목사님은 이번에도 영감 있는 책 제목을 만들어 주었고 책 출간을 기쁘게 맡아 주신 노북 정유진 대표님과 우리 진약국 식구들, 진약사톡 노트를 만들도록 같이 애써 준 진약국 약사님들께 깊은 감사의 마음을 전하고 싶다.

부록

YouTube

…

진약사톡 노트

영상이 주는 접근성은 책을 무색하게 만듭니다.

흰 종이에 적힌 글자보다 움직이는 영상은 비할 수 없이 쉽고 재미있지요. 남녀노소 유튜브 구독자가 된 데는 다 이유가 있습니다.

1년이라는 시간을 투자하여 기적처럼 책을 냈으나 별 반향이 없던 2018년 초. 두 달 시간이 지나고 또 하나의 도전으로 유튜브 채널 '진약사톡'을 개설했습니다.

아주 작은 시작.

그 때를 더듬을 때마다 지금의 19만 독자께 감사한 마음이 듭니다.

'진약사톡'에 오른 130개가 넘는 영상 중에서 이 책에 소개되지 않은 내용을 담아 노트를 만들었어요.

긴 설명은 생략하고 중요 내용을 요약한 것이어서 '진약사톡' 해당 영상을 찾아서 보면 더 도움이 될 것입니다.

1. 이렇게 좋은 약이 있었어?

기침, 기관지염에 좋은 약과 음식을 소개합니다

기침, 기관지가 안 좋아 가래가 자주 나온다면,

평소에도 숨쉬기가 힘들고 폐가 약하다면,

이것은 모두 열증이다.

기관지나 폐에 쓰는 약재, 음식들은 모두 시원한 성질.

그러므로 기관지와 폐에 병증이 있는 사람은

평소에 추위를 많이 타더라도 열증으로 보아야 한다.

기관지와 폐는 점막이다.

흉중에 열이 있으면 점막이 잘 마른다.

열로 인해 점막이 손상되면 응급사태가 생기므로

우리 몸은 점막 방어시스템으로 물을 뿌린다.

점막에서 열과 물이 만나면 가래가 생긴다.

< 기관지와 폐에 좋은 음식과 약 >

◇ **배, 무, 도라지, 더덕**

· 소아의 기침 발열에 쪽파 2~3쪽을 살짝 끓인 다음 무즙, 배즙에 꿀을 가미하여 먹이면 좋다.

◇ **배농산급탕(약국 일반의약품)**

· 도라지(길경)가 주성분. 알약이나 가루약으로 약국에 있다. 화농을 없애는 작용이 있어서 짙은 가래에 응용한다.

◇ **맥문동탕(약국 일반의약품)**

· 원료는 맥문동, 반하, 갱미(쌀), 인삼, 감초, 대추

· 인삼이 들어 있지만 전체적으로 시원한 성질을 갖는다.

· 몸이 허한 사람에게 쓰는 기관지염약.

· 갱미가 들어 있어 일종의 미음 같은 약이지만, 약국에 과립 형태의 포로 구매 가능. 맛이 달고 구수한 느낌.

· 반하는 물기를 빨아들여 수독이 있는 사람, 위산과다나 장에 물소리가 나는 경우에도 쓴다.

· 인삼과 갱미가 든 허증 환자의 자윤제(촉촉하게 하는 약)

그러므로 평소 변이 묽은 사람은 더 묽어질 수 있으므로
유의해야 한다.

*** 허증이란?**

- 잘 먹지 못하거나 체력 소모가 커서 피와 진액이 부족한 상태.
- 열이 있을 때 수분 공급을 충분히 하면 체액량이 늘어 해열 효과가 있다.

◇ 소함흉탕

- 원료는 황련, 반하, 괄루인
- 괄루인은 씨앗의 일종으로서 기름기가 있다. 변이 묽어질 수 있다.
- 황련은 노란 색깔의 약재, 염증 치료 효과
- 맥문동탕과 달리 몸이 실한 사람에게 쓰는 기관지약이지만 실제 써 보면 대부분의 현대인들에게 잘 맞는 기침, 가래약.

2. 체온을 1도만 올려도 면역력이 좋아져요

1) 체온

- 체온이 떨어지면 면역력이 약해진다.
- 정상체온은 사람마다 소금씩 다르다.
- 평소 자기 체온을 체크해 두어야 열이 나는 정도를 정확하게 알 수 있다.
- 신체 부위에 따라서도 체온이 다르다.
- 암이 생긴 부위는 체온이 낮다

2) 온열요법

- 암세포가 있는 부위에 체온을 높여 암세포 증식을 억제하는 대체의학의 한 방법이다.
- 평소 체온관리를 잘 하면 암을 예방하는 데 도움이 된다.

3) 발관리

- 발이 심장에서 가장 먼 부위이다.
- 하체에 열이 나는 사람은 드물다. 대부분 상열증 즉 상체에 열이 난다.

- 상열이 있으면 발은 더 차가워진다.
- 발을 따뜻하게 하는 족욕이 반신욕보다 훨씬 효과적이다.
- 반신욕을 하다보면 열이 갑자기 상체로 치고 올라와 어지럽다.
- **온족욕은 가장 쉽고 편하게 하는 피로회복 방법, 면역력 증강, 혈액순환 개선 방법이다.**

3. 호르몬이 좋을까?

인슐린과 여성호르몬 쓰는 분들 꼭 보세요

1) 호르몬제

· 부작용이 있다. 처방하는 내표적 호르몬세는 인슐린, 여성 호르몬, 부신피질호르몬, 갑상선호르몬

· 체내에서 필요한 만큼 만들어 쓰는 호르몬은 분비 후에도 세밀하게 점검하여 조절하는 피드백 시스템이 가동된다. 이것을 외부에서 약으로 주입하면 균형이 깨져서 노폐물을 만든다. 노폐물은 염증을 만들고 혈관을 막히게 하는 주범이다.

*** 피드백 시스템이란 ?**

· 호르몬을 분비한 후에 그 호르몬이 제대로 작용하는지, 소모된 호르몬의 농도에 따라 새롭게 만들 호르몬 양을 섬세하게 결정하는 생체 내 조절 시스템.

· 외부에서 주입하는 호르몬은 생체 내 조절 시스템과 상관 없이 혈중농도에 따라 인위적으로 결정되므로 꼭 필요한 시기에 짧게 쓰는 정도로만 사용하는 것이 원칙.

2) 호르몬의 종류

◇ **인슐린 호르몬**

・당뇨환자의 혈당 조절을 위해 사용하는 주사제이다. 췌장에서 인슐린을 만들지 않아도 된다. 인슐린 주사를 매일 주입하면 지친 췌장이 쉴 수 있고 고혈당도 효율적으로 낮추므로 좋다는 주장이 있다.

・같은 시각, 필요 용량을 정해서 자동 주입되는 인슐린 펌프 시술이 유행이다. 그러나 인슐린 호르몬은 체지방을 축적, 저혈당 위험, 합병증이 오히려 심해지는 부작용이 많다.

◇ **갑상선 호르몬**

・갑상선 저하증에 쓰는 호르몬제이다.

・갑성선 암으로 절제수술을 한 환자, 항진증의 방사선 치료를 받다가 갑상선이 파괴되어 저하증이 된 환자, 이들 모두 평생 갑상선 호르몬제를 복용해야 한다는 진단을 받는다.

갑상선 약을 먹는 사람은 혈관이 잘 막힌다.

본래 갑상선 저하증은 몸이 무겁고 힘든데 갑상선 호르몬제를 쓰면 무기력증에서 벗어나 체력이 정상으로 돌아온다.

하지만 어느 정도 시간이 흐르면 처음의 활력은 사라지고 점점 몸이 무거워져 마치 처음의 갑상선 저하증 상태처럼 나빠지는 경우가 많다.

말할 수 없는 통증에 시달리기도 한다.

혈중 농도에 맞춰 세심하게 투여를 하는데도 결과적으로 갑상선 호르몬이 과다하게 투여된 것처럼 남아도는 호르몬이 노폐물이 되는 것 같다.

◇ **부신피질 호르몬**

· 염증 치료 목적. 항 알러지 치료제로서 피부과, 이비인후과에서 널리 쓴다.

· 정형외과나 통증 클리닉에서 관절염이나 근육통에 사용하기도 한다.

· **염증과 통증에 효과적이지만 계속 사용하면 온몸이 염증 덩어리처럼 된다.**

◇ **여성 호르몬제**

- 갱년기에 여성 호르몬 수치가 하락, 골다공증과 질 건조증 예방 치료 목적으로 여성 호르몬제 처방.
- 갱년기 증상(갑자기 열오르고 땀나고 불면증, 감정기복이 심해지는 우울증 등) 치료 목적으로도 사용.
- **그러나 여성 호르몬제는 혈전을 만드는 대표적 약물.** 피가 걸쭉해지며 혈관이 막힐 우려가 매우 크다. 유방암을 비롯하여 암 발생 위험도 무시할 수 없다.
- 몸은 나이를 먹는데 여성 호르몬만 수치를 올리면 노화의 흐름에 역행하는 결과로 체내 균형이 무너진다.

4. 잠 못 드는 밤, 수면제 말고 없을까?

마음이 아플 때 진통제를 먹는다.

마음이 아플 때 나오는 호르몬과 몸이 아플 때 나오는 호르몬이 비슷하기 때문.

◇ 불면증

- 머리에 열과 피가 몰린 것 (머리에 불이 켜진 상태)
- 한방용어로 보면 머리에 열증이 생긴 것.
  뇌신경에 불이 켜지면 잠을 잘 수 없다.
- 숙면을 방해하는 열을 내리고 머리에 몰린 피를 사지로 보내면 수면 상태로 들어갈 수 있다.
- 열 받으면 눈이 충혈 되는 것도 같은 원리.
- 코막힘도 알고 보면 콧속 혈관이 충혈된 것으로 이것도 열증이다.
- 불면증에 수면제나 신경 안정제를 쓰지만 이것보다 진통제를 복용하면 열을 내리고 혈액을 사방으로 보내어 효과적일 수 있다.

* 수면제 대용 가능한 진통제 처방-갈근탕(한방 해열진통제)+타이레놀1/2정

◇ **갈근탕**

· 한방 몸살 감기약. 원료는 계지탕에 마황, 갈근을 더한 것.

· 계지탕은 계지, 작약, 감초, 대추, 생강으로 구성.
쌍화탕의 기본 처방.

· 갈근은 칡으로서 시원한 성질. 여성호르몬 대체제로도 쓴다.

· 마황은 에페드린이라는 성분으로서 기침약이나
코막힘 약에 들어감.

5. 바이러스, 꼼짝 마

◇ 바이러스

· 생명체의 특징과 물질(무생물)의 특징을 다 가짐.

· 적절한 환경이 되면 살아난다.

· 세균이 아니어서 항생제로 잡을 수 없다.

· 감기에 항생제를 쓰는 것은 바이러스로 인한 2차 감염을 위함.

· 면역력으로 이겨야 한다.

◇ 바이러스로 인한 질환

· 감기, 독감

· 대상포진(신경줄을 따라 통증 심함), 간염, 수두,
단순포진(입가물집)

· 세균은 현미경으로 관찰 가능.
살아있는 생명체로서 사멸시킬 수 있다.

· 바이러스는 세균과 달리 생명체가 아니어서
사멸시킬 수 없고 불활성화된다고 말한다.

◇ 바이러스를 이기는 방법

· 비타민C 고용량 요법

비타민C 고용량에서는 바이러스가 활동을 못한다.

간염 환자에게도 고용량 비타민C 아주 중요.

대상 포진에 비타민C를 처방약과 함께 사용하면

치료기간을 현저히 단축.

병원처방약의 부작용도 줄일 수 있다.

6. 입냄새, 구내염, 잇몸 염증, 입 주위 염증

◇ 원인

- 속에 열이 많음. 열로 인해 진액이 더욱 마른 상태.
- 독감이나 기타 고열을 동반한 질환을 앓고 난 뒤 심한 마음고생, 과로로 열증이 되면 진액이 마르면서 열은 더 위로 뜨게 된다.

◇ 증상

- 구취, 구내염, 구각염(입꼬리염 - 비타민B2 리보플라빈 부족증이기도 함)
- 잇몸이 검붉게 되기도. 잇몸 출혈

◇ 해결 방안

- 열을 순환시켜 준다. 진액이 많아지게 한다(한방요법).
- 비타민B 고용량 복용.
- 치과 스케일링도 도움.
- 잇몸 염증이라면 인사프리미엄(건강기능식품) 복용도 도움.

7. 오메가3, 크릴오일 두 번째

피를 약간 묽게 하여 혈류를 좋게 한다.

기름은 기름으로 치료한다.

(현대인의 기름독으로 인한 여러 질환에 응용)

◇ **효과**

- 심혈관 질환 예방(하루 3000미리 이상 복용 권장)
- 고지혈증 개선
- 아토피 피부염, 관절염, 당뇨병 등 염증수치가 높은 사람에게 권장.

◇ **좋은 제품 고르기**

- rTG 표기된 것
- 가격이 약간 높은 것
- EPA와 DHA의 합이 캡슐 용량의 90%이상인 것.
  예를 들면 1000밀리 캡슐에 EPA와 DHA의 합이 900밀리 이상
- 크릴 오일은 흡수율은 좋으나 EPA와 DHA 함량이 낮아 권하지 않는다.

*** 흡수율을 높이는 방법**

- 음식과 함께 먹는다.
- 소화 효소제(일명 소화제 - 훼스탈이나 베아제가 대표적)를 같이 먹는다.
- 하얀 정제로 된 우루사(내웅제약)를 같이 먹는다.
- 오메가3로서 효과를 기대하기 어렵다.
  다만, 아스타잔틴이라는 항산화물질이 들어 있어서 그 효과를 위해 먹는다면 의미가 있다.

8. 역류성 식도염-약은 좋은데 왜 낫지 않을까요?

1) 1차 소화과정

① 식도를 거쳐 음식이 위장으로 들어감.

② 위 벽에서 가스트린이라는 호르몬이 분비.

③ 가스트린의 자극을 받아 염산,
펩시노겐(단백 분해 효소)이 분비.

④ 염산에 의해 음식물이 소독, 펩시노겐이 펩신으로
활성화되어 단백질 소화 시작.

⑤ 위액의 산도가 내려가면 십이지장으로 연결된 유문이 열림.

⑥ 음식이 십이지장으로 내려감.

- 강산으로 단백질을 흐물흐물 녹인다.
- 강산인 위산에 위벽이 상하지 않는 것은 위벽에 보호장치가 있기 때문. 식도와 위장관은 일방통행으로 아래로만 내려가야 하는데 거꾸로 역류하는 것이 문제 - 위산이 식도를 거슬러 올라오면 역류성 식도염.

2) 역류의 원인

- 식도 괄약근이 약해짐(예를 들어 혈압약 복용하면 괄약근력이 약화)
- 필요 이상으로 분비된 다량의 산이 역류의 원인이기도.
- 위산이 많아지면 소화가 잘 되어야 하지만 양만 많을 뿐 정상보다 묽은 산이면 역류성 식도염을 일으킴.

3) 역류성 식도염 증상

- 심장병 증상과 유사하기도 하다.
- 목에 무엇이 걸린 듯한 이물감.
- 가슴이 타는 것 같다. 답답하다.

병원 처방약 - 란스톤, 라베원, 넥시움, 판토록, 오메드, 오메프라졸..
전문용어로 PPI
약국 일반의약품 - 개비스콘, 겔포스. 위산을 중화한다(제산제).

- 병원약이든 약국 일반약이든 계속 사용하면 위산의 역할을 차단하므로 여러 부작용 우려
- 소화가 제대로 되지 않은 음식물이 장으로 내려가 가스참
- 장내 부패균으로 염증의 원인. 철분과 칼슘 같은 미네랄과

단백질의 흡수가 잘 안되어 빈혈 등 영양실조

4) 역류성 식도염을 유발하는 식습관

· **지나친 염분 제한**

(소금을 제한하면 염산이 제대로 분비되지 않아 저산증)

· **저산증**은 위산과다의 또 다른 원인

(묽은 산으로 소화가 안 되다 보니 많이 분비됨)

· **고혈압 약** : 혈압을 내리는 약이 근력을 떨어뜨리면서 괄약근을 약하게 하면 위산이 역류

· 소화하기 힘든 음식 (빵, 떡, 치즈, 단 음식, 패스트푸드, 정제 밀가루 음식 등)

· 스트레스 : 위장은 특히 스트레스에 취약하다.

· 과식 : 주관적으로는 과식이 아니라도 음식양을 줄이면 개선되는 경우가 많다.

· 고지혈증약이나 운동 부족, 야식(먹고 자는 습관)

9. 빈뇨, 야간뇨, 각종 소변이상증

자다가 화장실 자꾸 가는 분, 소변을 시원하게 보지 못하는 분, 시원한 해결책을 소개합니다

전립선비대증(남성) 중장년 이상의 여성에게 있는 소변이상으로는 야간뇨(자다가 일어나 소변을 본다), 빈뇨(자주 소변을 본다), 잔뇨(소변이 시원치 않다)가 있다.

*** 전립선비대증 약**

혈관을 확장시킨다. 특히 비뇨기 쪽으로 몰려있는 혈관을 확장하지만, 전신적으로 혈관을 확장하는 작용도 있다.

- 야간뇨 횟수가 줄어든다.
- 혈압이 조금 내려가는 작용이 있다.
  (저혈압인 경우 복용이 어려움)
- 당뇨병도 없고 다른 소변을 자주 볼만한 이유가 없는데 소변이 불편하고 화장실을 자주 가고 시원하지 않는 사람들은 결국 노폐물과 혈관문제이다.

*** 생기산**

혈관을 확장하는 약이 아닌, 이미 좁아져 있는 혈관을 젊었을 때 처럼 깨끗하게 청소를 해주는 역할

◇ 방광염

- 소변을 볼 때마다 아프고 시원하게 보지 못하고 소변을 자주 보게 된다.
- 방광염은 병원에 가면 항생제로 금방 치료가 되지만, 자주 빈발하는 경우가 많다(특히 여성들은 요로가 남성보다 짧고, 항문과 질에 붙어있어 오염이 되기 쉽기 때문).

◇ 방광염에는 비타민C 고용량요법이 좋다

- 비타민씨가 소변으로 배설이 되면서 약산성으로 청소를 해주기 때문에 항생제와 함께 고용량 요법을 한다면 먹는 기간을 단축시킬 수 있다. 평소에 복용을 해도 예방효과가 있다.

◇ 방광염에 쓰는 한방약재

- 도핵승기탕, 저령탕

  <u>항생제 대신에 방광염에 쓰면 좋다.</u>

도핵승기탕

- 도인(복숭아 씨앗), 계지(시나몬), 대황이 들어가 있다.
- 비뇨기과 염증에 효과가 있다.
- 항생제보다 훨씬 우리 몸에 안전하다.

*** 도핵승기탕에서 승기탕이란?**

- 장속에 가득 들어있는 걸 빼내는 작용
- 승기탕의 종류(소승기탕, 대승기탕, 조위승기탕, 도핵승기탕)는 실증에 쓴다.
- 승기탕은 몸이 허한 사람들은 쓰기에 부적합하다고 한다. 그러나 모든 현대인들은 200~300년 전 사람들보다 기본 영양상태, 체력이 좋기 때문에 승기탕은 현대인들에게 거의 부작용이 없다.

저령탕

- 복령, 저령, 택사, 아교, 활석이 들어가 있다. (아교, 아교풀 - 접착제 역할, 활석 - 아주 고운 곱돌)
- 콩팥에 사구체나 비뇨기계 쪽에 생채기, 상처를 아물게 하는 역할

· 복령, 저령, 택사는 이뇨작용이 있다.

보통 양방에서 쓰는 이뇨제는 강제적으로 물을 빼내는 약이기에 엄격한 의사의 관리 하에 조심스럽게 써야 한다. 한방에서 쓰는 저령탕이나 오령산은 정상적인 수분은 억지로 배설시키지 않는다.

10. 발치 전 생각해볼 것 - 치아수명 연장법

스트레스로 인해 열이 위로 올라서 잇몸이 붉고 냄새가 나고 이가 흔들림. 치조골까지 녹기도 한다.

그때마다 발치가 답인가?

나이가 들면 치아 뿐만 아니라 온 몸 여기저기를 수술하고 잘라내고 인공구조물로 대체한다.

마치 차량의 타이어를 교체하듯이.

그러나 우리 몸은 기계가 아니어서 시술이나 수술을 받을 때 마다 보이지 않는 손실이 크다.

치아도 되도록 수명을 연장해서 조금이라도 더 쓸 수 있게 하는 것이 바람직하다.

< **방법** >

- 약국의 일반 의약품
- 덴큐 (일동제약) , 인사돌 (동국제약) 등 기타 여러 회사 제품들. 효능으로는 잇몸 염증, 치주 치료 보조제, 경중정도의 시린니 (풍치), 잇몸 출혈에 쓰인다. 치조골 손상에도 효과가 있는 듯.
- 복용법은 1회 2정씩 1일 2~3회 (복용량이 많은 편)

< 건강기능식품 >

- 인사 프리미엄 외 (프로폴리스칼슘 옥수수 추출물 리소짐이 주성분) 효능은 일반 의약품과 유사.
- 복용법은 1일 1정 혹은 2정 (복용이 간편)

< 외용제 연고 사용법 >

- 잇몸이 붓고 피가 날 때 바를 수 있는 연고.
- 구강 내에 바르는 약이므로 삼켜도 안전.
- 종류로는 페리덱스(녹십자), 오라메디(동국제약)
- 사용법은 치간 칫솔에 묻혀서 쓴다.
- 주의사항으로는 일주일 이상 연속해서 사용하지 않는다.

언젠가는 브릿지나 임플란트를 해야겠지만 1년이라도, 단 몇 년이라도 치아 수명을 연장하는 것은 의미가 있다. 단, 전신적으로 당뇨가 있거나 염증이 있는 분은 예외일 수 있다.

11. 여름철 여성들의 질염(냉, 대하)

여름철 불청객.

덥고 습한 계절에 더욱 심한 여성들의 질염.

병원에서 항생제나 항신균제를 사용하지만 효과가 없다.

긴 시간 항생제를 복용하다보면 여러 가지 부작용이 있다.

(위장장애, 설사, 면역력저하)

질염은 먹지 말고 외용제 쓰는 것이 좋다.

<질염의 종류>

- 칸디다성 질염
- 트리코모나스 질염
- 세균성 질염
- 혼합 감염

종류와 그에 따른 증상은 여러 가지이지만 방법은 간단하다.

< 방법 >

- 두 가지 질정 동시 적용

  카로마스텐(오리지널은 카네스텐) 질정 : 진균 감염

세나서트 질정 : 세균성 감염

위 두가지를 취침 전 동시에 질 내에 삽입.

체온으로 녹아서 흘러나옴.

질 내외를 살균 소독하는 효과.

대개 1일 1회 4~5일이면 거의 치료됨.

* 건강한 여성의 질은 유산균이 서식하여 약산성을 띈다.

약산성의 질이 가장 면역력이 높다.

알칼리성인 비누나 바디클렌저로 세정을 하면 약산성이 깨지면서 면역력 저하.

여름철 잦은 샤워로 질염이 빈발하는 원인이 된다.

여성들의 생리기간에는 생리혈이 배출되면서 약산성이 무너지고 생리혈에 찌꺼기가 부패하는 등의 원인으로 인해 질염이 생기기 쉽다. 그러므로 생리 후 1~2일 정도 미리 질정을 사용하면 질염을 효과적으로 예방할 수 있다.

*** 지노베타딘 설명**

현재 약국에 질정과 외용액이 있다.

포도주색(빨간 소독약 색깔)

베타딘은 요오드, 지노는 여성을 뜻함.

그래서 여성들이 외음부 세정제로 쓸 수 있도록

소독약 요오드를 물에 씻기게 만든 약.

냄새가 나거나 염증이 우려될 때 사용할 수 있는 소독약.

질정은 질 내로 삽입하는 것이고, 세정액은 따뜻한 물에 타서 사용.

주의사항으로는 소독약이므로 매일 사용하면 질에 서식하는 유익균을 살균하여 역효과가 날 수 있다.

12. 어지럼증. 메니에르. 이석증

어지럼증이 꼭 빈혈은 아니다.

증상 : 천장이 팽이처럼 빙글빙글, 기운이 없거나 울렁거리고 소화도 잘 안 된다.

< 어지러운 증상이 있을 때 의심해볼 수 있는 병명들 >

1) 이석증

귀 안에 균형을 담당하는 돌이 빠져나온 것.

이비인후과에서 진단. 자주 재발한다. 뚜렷한 치료방법은 없다.

2) 메느에르

일종의 멀미 증상. 차를 타지 않아도 멀미처럼 울렁거리고 어지럽다. 두통도 올 수 있다. 이석증처럼 확실한 치료방법은 없고 병원에서는 멀미약과 은행잎제제를 처방한다.

3) 소양병

한방에서 말하는 흉협(가슴 속)부위 열증. 대표적인 증상으로

구고(입마름), 인건(목마름), 목현(눈이 어지러움)

스트레스를 받으면 가슴이 답답하다. 일상용어로 '열 받는다'.

가슴에 열이 생기면 답답하고 이 열이 위쪽으로 솟구치면 어지럽다. 일상용이로 '돌아버리겠네'(어지럽다는 뜻)

열은 염증과 통한다. 열이 많고 체격이 큰 사람은 염증도 잘 생긴다.

열이 많으면 입이 마르고 구내염, 눈에 염증, 탈모도 올 수 있다.

혈액 속에 열이 많으면 혈당이 오른다(당뇨 위험).

메니엘은 대개 역류성 식도염과 겹쳐서 온다.

< 이석증이나 메니엘 증상이 있을 때 주의사항 >

열이 많은 음식은 먹지 않는다(예를 들면 인삼, 꿀, 생강, 계피, 매운 음식, 두리안, 노니).

기운이 없다고 병원에서 영양수액 맞으면 더 어지러울 수 있다.

13. 안구건조증에 딱 좋은 약

<안구건조의 원인>

1) 화(火)병이 있거나 스트레스로 인해서 상체로 열이 떠서 눈이 마름.

2) 눈물의 조성이 불량함.

* 눈물 ① 울 때 흐르는 눈물

② 평소에 눈을 깜빡거릴 때 촉촉하게 하는 눈물

건조증은 ②번 눈물의 조성이 문제.

건강한 눈물은 수성층 점액층 유분층 으로 구성되어 있고 비율과 내용이 적절한 상태.

- 수성층 - 수분
- 점액층 - 영양분
- 유분층 - 수분의 증발 방지

안구건조증이 있는 사람은 대개 이 세 가지 구성이 불량하다. 눈물은 단순한 물이 아니라 각막(눈의 가장 바깥 막)에 영양을 공급하고 촉촉하게 하며 소독작용도 있다. 각막에는 혈관이 없어서 눈을 깜빡거릴 때마다 바르는 눈물로

영양분을 공급받고 촉촉하게 된다.

눈물의 성분이 불량하면 각막이 마르고 쉽게 손상된다.

가장 흔한 인공누액 - 히알루론산 성분. 화장품의 원료이기도 히다. 촉촉하게 해주는 작용이 크다.

- 단점 : 이미 각막이 손상되어 있는 경우에 증상 개선이 어렵다. 수시로 넣어야 한다.
- 먹는 약 : 눈에 기름층 이상을 잡아주는 사유성분(제품 예로, 룩스린) 비타민 A와 D도 함유. 사유 외에 오메가3를 쓰기도 한다. 먹는 약이지만 의외로 효과가 빠르다.

*** 눈이 시린 경우**

- 노화 현상. 건조증과 병행해서 오기도 한다.
  이 경우에는 항산화제를 먹는 것이 좋다.
  제품 예로 헬씨큐(신일제약), 룩스린과 헬씨큐를 동시에 복용하기도 한다.
  각막 손상과 건조증을 한꺼번에 치료할 수 있는 약
- PDRN성분(제품명 리안)
  일반 인공눈물처럼 생겼으나 각막의 미세 손상을 치료하면서 동시에 영양 공급과 수분 공급 효과가 있다.

일반 인공눈물보다 효과가 빠르고 지속시간이 길다.

(한번 쓰면 3~4일 효과 지속)

* **각막 미세 손상의 증상 - 모래알이 굴러다니는 것 같은 이물감, 쓰림.**

이러한 증상이 있으면 단순한 건조증이 아니라 각막 손상이 겹쳐있는 것.

안과에서는 이 경우 히알루론산 인공누액과 스테로이드 안약을 같이 처방.

스테로이드 안약은 염증 치료에 효과가 좋지만 장기간 사용 시 부작용 우려.

< 안구건조증 치료에 추천하는 3종 세트 >

· **외용제 리안, 먹는약 룩스린, 먹는약 헬씨큐**

만약 위 3종 세트로도 효과가 없다면 상열증, 화병으로 인한 건조증이므로 별도의 상담이 필요.

14. 근육을 만들고 면역력을높이는 단백질이야기

- 아르기닌

1) 단백질은 인체 구성성분이며 아미노산이 수없이 연결된 것.

생명 유지에 필수 성분이지만 아미노산은 양면성 (치료 작용과 독성)이 있다.

① 치료 작용 - 당뇨병, 통증, 만성질환 치료에 아미노산을 응용한다.

② 독성 - 현대인의 만성질환인 알러지, 자가면역, 염증을 유발할 수도 있다.

* 헬스장에서 근육 단련 목적으로 먹는 단백질 파우더는 간독성이 있을 수 있다.

2) 아르기닌 - 수많은 아미노산 중의 하나로 필수 아미노산에 속한다.

① 아르기닌의 특징 - 아미노산 중에 특이하게 약알칼리성

② 체내에서 대사되면 NO(산화질소)가 되어 혈관을 확장.

위장 내에서 혈류량을 높여 위점막 보호작용.
이것을 응용하여 진통제의 위장장애를 개선하는 목적으로 사용.

③ 항산화 효과

④ 단백질의 독성을 해독하는 오르니틴 회로의 원료물질

* 오르니틴 회로 - 단백질에는 질소가 함유되어 체내에서 대사되면 맹독성인 암모니아가 된다.
이 암모니아를 무독하게 바꾸는 시스템이 오르니틴 회로이다.
오르니틴 회로를 거치면 질소는 독성이 거의 없는 요소가 되어 소변으로 배출.
단백질을 많이 먹으면 그만큼 질소가 많고 암모니아가 많아져서 몸에 부담.
아르기닌은 오르니틴 회로의 출발물질이 되어 단백질 해독에 기여.

3) **아르기닌을 이용한 질 좋은 진통제** - 캐롤에프(일동제약)

원리 - 진통제 성분인 이부프로펜에 아르기닌을 첨가하여 위장장애를 현저히 줄이고 진통제의 효율을 높임.

200밀리 이부프로펜으로 400밀리의 효과.

아르기닌이 약알칼리성을 띠어 이부프로펜의 흡수율을 높임.

4) 아르기닌의 혈관확장작용을 응용한 피로회복제

- 아르기닌 앰플제 (일회용 물약)

아르기닌이 산화질소를 만들어 혈관을 확장하므로

일시적인 피로회복 효과.

남성들의 발기부전에 효과.

이 원리를 이용하여 약국에 피로회복제 앰플 제품이 있음.

(영진약품 라라올라)

15. 피부를 매끄럽게 하는 아주 좋은 방법

피부를 좋게 하려면 신체를 염증 없는 상태, 혈관 좋은 상태로 유지하는 것이 중요.

⇒ 염증이 있으면 비립종, 여드름이 생김, 혈관이 좋지 않으면 기미가 생김.

⊙ 감마리놀렌산의 효과

1) 점막을 좋게 한다.

2) 피부결을 좋게 한다 - 여드름, 아토피에도 탁월하다.

오메가6 기름 중에 유독 감마리놀렌산만 피부에 효과가 있다.

피부와 점막을 좋게 할 목적일 때 적정 용량 : 최소 하루 500밀리 이상(순수 감마리놀렌산 기준)

<시중에 나와 있는 감마리놀렌산 제품의 종류>

· 달맞이꽃 종자유 , 보라지유

(보라지유 제품이 대체로 감마리놀렌산 순도가 높은 편)

⊙ **감마리놀렌산 제품 속에 섞인 불순물 기름문제**

· 불순물 기름은 또 다른 염증을 일으킬 수 있으므로
감마리놀렌산을 먹을 때에는 오메가3를 꼭 같이 보충한다.

⊙ **보충하는 방법**

· (감마리놀렌산 : 오메가3) 3:1 or 2:1
(시중에 나와있는 제형 비율임)

평소에 음식으로 기름 섭취가 많은 사람들은 오메가3 용량을 더 높여서 거의 1:1도 좋다.
피부를 정말 좋게 만드는 것은 수분보다 기름이다.

⊙ **복용법**

보라지유 1000밀리 (기능성분 240밀리) 1일 2~3캡슐과
오메가3 1000밀리 (순도 90% 이상인 것) 1일 1~2캡슐
1년 이상 복용하는 것이 좋다.

16. 물마시는 습관으로 자가진단!

물을 못 마시는 사람, 너무 마시는 사람

갈증이 나도 물을 잘 못 마시는 사람들이 있다.

자꾸 물을 마시고 금새 소변을 보는 사람도 있다.

하루 종일 물 생각이 전혀 없는 사람도 있다.

이것은 모두 수분대사 이상으로서 질병이다.

인체의 70% 물, 어린 아이들은 90%가 물이다.

물도 영양소처럼 흡수되고 사용 후에는 배설된다.

이 과정을 대사라고 하는데 이 대사에 이상이 생기면

특별한 치료가 필요하다.

< 유형별 원인과 치료 >

1) 갈증이 나지만 물을 못 마시는 사람

- 열독과 수독이 합쳐진 것.
- 바싹 마른 논바닥에 빗물이 넘쳐버리는 것처럼 열로 진액이 말라버리면 수분 흡수가 잘 되지 않음.
- 보통 이 경우에는 음식도 잘 먹지 못하고 잠도 잘 자지 못한다. (위중한 경우)

· 열독을 치료해야 함. - 이것은 전문 영역으로서 상담이 필요하다.

· 생기산으로 치료 가능.

2) 물을 자주 마시고 금새 화장실을 가는 사람

· 콩팥의 세뇨관 이상증. 세뇨관에서 수분과 영양소의 재흡수가 일어나는데 수분의 재흡수에 문제가 생긴 것.

⇒ 대표적인 치료방제 : 육미지황탕, 팔미지황탕

* 팔미지황탕 : 육미지황탕에 육계, 부자가 들어간 것. 산수유 산약 목단피가 들어있지만 육계 부자 때문에 전체적으로 뜨거운 약. 그래서 열증이 있으면 먹을 수 없다. 열증의 대표 증상은 만성두통, 입맛이 없고, 잠을 잘 자지 못함.

3) 물 생각이 전혀 없는 사람

- 갈증과 배고픔을 혼동하는 것이 원인일 수 있다.
- 이러한 사람들은 대개 잘 먹는다.
- 체중이 표준 이상인 경우가 많다.
- 갈증이 느껴지지 않아도 물을 마시다 보면 수분 보충도 되고 자주 먹는 습관이 개선되는 경우가 있다.

* 여름철 수분 보충으로 얼음 탄 아메리카노나 녹차를 마신다면,

- **커피나 녹차는 카페인이 많다. 카페인은 강심이뇨작용으로 가슴이 쿵쾅거리고 소변을 많이 보게 한다.**
- **이뇨작용 때문에 섭취한 수분보다 더 많은 양의 소변을 보게 하기 때문에 수분 보충으로는 적절하지 못하다.**

< 수독 치료 방법 >

1) 생기산

- 순환 개선을 통해서 수독을 치료.
- 이뇨제가 아니기 때문에 생기산 복용 초기에 소변을 많이 보는 사람들도 적정 기간이 지나면 소변양이 원래대로 돌아온다.
- 생기산으로 소변을 많이 보고 나서 혈압이 내려오고 부종이

빠지는 사람들이 있다.

2) 오령산

- 복령, 저령, 택사, 백출, 계지로 구성.
- 약국에서 일반 의약품으로 취급.
- 계지가 들어있어서 열독이 겹쳐있는 경우에는 쓰기 어렵지만 특히 여름에 더위로 갈증이 심할 때 오령산을 물과 함께 먹으면 효과적으로 수분 보충. 대개 오령산은 물을 빼내는 약으로 알려져 있지만 세포의 수분을 공급하는 효자 노릇을 한다.

지은이 **진정주**

서울대학교 농과대학 재학 중에 길을 바꾸어
중앙대학교 약학대학을 졸업.
지금은 경기도 안산에서 진약국을 운영하고 있다.

한방의 고방과 분자교정의학(영양요법)을 공부하여
만성질환 상담에 활용하면서 약사로서
보람과 긍지를 느끼는 그는
질병의 치료도 중요하지만 과도한 스트레스를 줄이고
삶의 질을 높이는 예방이 더욱 중요하다고 말한다.

“약만으로 건강해질 수 있을까.”
10년 전, 사법 2차 시험 문턱에서
몸이 아파 좌절했던 그가
자신의 건강을 회복하는 과정에서 던졌던 질문이다.

책에서 약으로 그치지 않고
생활 습관과 심리학적 실제까지 다루는 모습은
치유와 회복을 위해,
가능한 모든 길을 다녀보고
모든 돌을 들춰보고자 했던
저자의 노력과 아픈 이들을 향한 애착을 느끼게 해준다.

< 저자의 유튜브 소개>

- **진약사톡**
- **10분 성경톡**(성경을 일상적 용어로 쉽게 설명하는 채널)

내 몸이 웃는다

초판 1쇄 2020년 8월 15일
초판 5쇄 2022년 11월 28일

지은이 진정주
펴낸이 정유진
표　지 박자경
펴낸곳 노북(no book)
출판등록 2018년 7월 27일(제2018-000072호)

주　소 서울특별시 서초구 강남대로3길 8 11층
전　화 031-8025-9200 팩　스 050-4211-8560
홈페이지 https://nobook.modoo.at
이 메 일 nobookorea@gmail.com

ISBN 979-11-90462-11-2 (03810)